メディアワークス文庫

ノイズ・キャンセル

持田冥介

館内のルール

ヘッドホンを外してはならない。
ヘッドホンのバッテリーが切れる前に、受付に戻ってこなくてはならない。
撮影禁止。ライブ配信禁止。
一度出たら、もう二度と入ることはできない。
館内に飾ってある絵をどれでも一枚、自由に持ち帰っていい。

プロローグ

鰐川亮《わにかわとおる》は十四歳のとき、とある映画に夢中になった。

その映画の主人公は、作中で常にヘッドホンをしていた。

ヘッドホンは他人と上手《うま》くコミュニケーションを取れないことの象徴的な道具として描かれていて、ラストで問題を解決した主人公は、心を開き、ヘッドホンを外して、人の輪の中に入っていった。

もちろん亮には、ヘッドホンの象徴性や創作手法はわからない。ただただ主人公に憧れを抱き、自分と同一視した。公式グッズである作中そのままのデザインのヘッドホンを買い、主人公と同じように孤高を気取って、ヘッドホンをつけるようになった。

それから五年後に、シリーズの二作目が公開された。

亮は十九歳になっていた。

大学生になり思春期を脱していた彼は、とっくにヘッドホンへの興味をなくしていた。

それどころか、孤高を気取ってヘッドホンをつけていた過去を恥ずかしいものと考えて、夜な夜な思い出しては一人、赤面するような、忘れ去りたい過去の一部と化している始末だった。それでも映画は見に行った。

その五年後に、シリーズの三作目が公開された。

亮は二十四歳になっていた。

社会人になった彼は、あまりの忙しさに物語への興味を失っていた。昔は好きだった漫画やアニメ、映画、小説、ゲーム、そういった娯楽に手を出すことがなくなっていた。十年前に買ったヘッドホンは、どこかに無くしてしまった。それでもこの映画だけは見に行った。

その六年後に、シリーズの四作目が公開された。

亮は三十歳になった。

職場の同期と恋愛結婚をした。

その五年後に、シリーズの五作目が公開された。

子供が生まれた。男の子だ。

その九年後に、シリーズの六作目が公開された。

亮は、妻と子の三人で、映画を見に行った。

自分が十四歳のときに見た映画のシリーズが、三十年経《た》ってもまだ続いていて、しかもその最新作を息子と一緒に見ることになるなんて。人生は不思議だと、亮は思った。

六作目を見に行く少し前、亮は、物置の中から三十年前に買ったヘッドホンを見つけた。かつて、どこへ行くにもつけていくほど愛した道具であり、成長してからは忘れ去りたいと思ったほど憎んだ道具であり、そして今は、自分の思い出と密接に結びついている豊かな道具となった。

「いずれ君にも、一人になりたいと思うときが来るだろう。そのときにこのヘッドホンをあげるよ。それまでは僕が使うから」

亮は、自分の息子にそう伝えた。

息子は嫌そうな顔をして、

「要らないよ」

と言った。

それから一年後、亮は交通事故で死んだ。リュックに入れて持ち歩いていたヘッドホンも、粉々に砕けた。息子に渡そうと思っていた大切なアイテムは、亮の人生と共に終わった。

その六年後――。

第一章

1

真っ白なスケッチブックを前にしながら、俺の手は線一本も引いてはくれない。

一時間もこんな調子だ。これ以上、机に向かっていても意味がない。

鉛筆を置き、背伸びをしてからイヤホンに触った。

音楽は流れていない。

ノイズキャンセリング機能だけがオンになっていて、無音に近い状態だ。でも頭の中では雑音が鳴り響いている。スケッチブックから紙を一枚やぶり取って、グシャグシャに丸めた。こんなことをしても意味がないし、第一お金がもったいない。スケッチブックだってタダじゃないんだ。

思わずため息をついた。

丸めた紙をゴミ箱に捨てる。

それから俺は、自分の耳にはまっているイヤホンに触れた。

ゆっくりと外す。

キンとした、硬質な無音が消える。

途端に聴こえてくる、さまざまな現実の音。音。音。逆説的だけれど、無音ではなくなることで、『無音の状態』にも独特な質感があったのだとわかる。

イヤホンをケースにしまってから、大きく背伸びをした。

エアコンが唸《うな》っている。

今日は三月二十五日の、土曜日。

春とはいえ、まだまだ寒い。日中でも、最高気温は十℃くらいにしかならないらしい。

昨日は雪が降った。中学の卒業式だった。

俺はあと一週間もすれば、高校生になる。

机の上に置いてある、卒業証書の入っている筒を見た。

全然、実感が湧かない。

今はただ、早く大人になりたかった。

卒業証書の横には、水彩色鉛筆の平缶がある。ファーバーカステルというドイツの文具メーカーで、俺が持っているものは六十色も入っている。父さんが亡くなる前に買ってくれた、大切な宝物だ。金属光沢を放っている缶の表面にそっと触れる。ひんやりとしていて、指から背骨まで寒気が通り抜けていくみたい。

椅子から立ち上がると衣擦《きぬず》れの音がした。

外からは車の走行音や排気音、風の音、人の話し声が聞こえてきた。

イヤホンをしていなくても、俺の世界は音で溢《あふ》れている。

顔を洗うために自室を出た。廊下は寒く、冷たい空気と静けさが肺にまで忍び込んでくるようだった。思わず肩をさする。

父さんは六年前に亡くなった。

車にはねられて頭部を強打したのだ。死因は脳挫傷。

当時、俺は小学四年生になったばかりだった。

母さんは過保護になり、『六年生になったら買ってあげる』という約束だったスマートフォンを、すぐ買ってくれた。俺はあまり嬉《うれ》しくなかった。父さんの死と引き替えに、手に入れたような気がしたからだ。

スマホの中には、俺の知らないことがいっぱいあった。

たとえばお金を持っている家庭が、どんな生活をしているのか。

人生、平等だなんて思ったことはさすがにない。それでも、俺の浅薄な知識を超えた格差や運といったものの、ほんの一端を垣間《かいま》見ることができた。

シングルマザーとなった母さんが夜遅くまで仕事をするようになり、子どもの俺でも家計が苦しいとわかった。そういう事情と重なって、裕福な暮らしをしている同世代の子どもたちを見ることが辛《つら》かった。

自分よりも大変な思いをしている子どもたちがいることも知った。両親のいない子、虐待されている子、ひどいいじめにあっている子、そういった子たちもＳＮＳで発信していた。

右を見ても左を見ても、自分より凄《すご》い人たちが目に入る。

普段、クラスメイトと比較することのない俺でも、SNS上でレコメンドされる見知らぬ誰かと比較しては落ち込んでいった。

気がつけばネットを見てしまう。

それなのに、救いになる言葉ではなく、自分を追いつめるだけの言葉を探してしまう。

学校だったら、先生だったら、父さんだったら、決して許さないような言葉の使い方をしている人たちがたくさんいた。

スルーしろ、とネットには書かれていたが、そういう言葉を目にするたびに、自分とは関係がなくても傷ついた。自分と関係があるときには深く傷ついた。

たとえば、人生は運で決まる、とか。

遺伝がすべて。

環境がすべて。

親の年収や職業、または都内に住んでいるか否か、そういった要素が子どもの能力に大きく関わってくる。文化資本も重要だ。受験は平等だなんて言うけれど、そんなわけない。スタート地点も、生まれ持った能力も、環境も、みんな違う。そして一度開いた差はひっくり返せない。じゃあどうすればいいのか、誰も答えを教えてくれない。指針となるべき言葉はなく、ノイズのような言葉ばかりが頭の中に飛び込んでくる。

頑張ったところで何も変えられない。何も。

もちろんそんなわけないと思う。

思うけど、言葉はいつの間にか脳内を侵食していく。

そういった言葉に抗《あらが》うすべを、学校では教えてくれなかった。

ネットリテラシーの授業はあった。

でも言葉に対抗するための技術は、教えてくれなかったのだ。

みんな、どこで学んでいるのだろう。親に教わるのか。痛い目を見て知っていくのか。それともなんとなく察していくのか。あるいは呪いから抜け出せず、精神に不調をきたしてからやっと気がつくのか。気がつかずに病んでいくのか……。

洗面所に行って蛇口を捻《ひね》った。

嫌な言葉を振り払うように、何度も何度も顔を洗う。

顔を上げて、鏡の中の自分を見る。

俺は何が嫌なんだ？

父さんが亡くなったことが辛いのか。

それとも、他の家庭との比較が辛いのか。

片親や貧乏、環境といった言葉に振り回されるのが嫌なのか。

要素を分解したところで解像度は上がらない。これらすべての要素が渾然一体《こんぜんいったい》となって、頭の中を占拠しているのかもしれない。

タオルで顔を拭いてから、今日の予定を思い返した。

春休み中に、自転車を修理に出す必要がある。別に今日である必要はないけれど、先延ばしにする理由もない。錆《さび》がひどいし、チェーンもカラカラと謎の音を立てている。調べてみたけれど、どこから音が聞こえてくるのかわからなかった。俺には簡単なパンク修理くらいしかできない。

自室に戻って、クローゼットから厚めのコートを取り出した。マフラーはさすがにもう必要ないだろう。マスクと大きめのリュックを準備する。

チェーンが怪しいので自転車屋さんまで押して行くつもりだけど、帰りは乗れるかもしれないから、リュックの中にはヘルメットを入れておこう。努力義務だけど、被《かぶ》ったほうが安全だ。

エアコンを消して自室から出た。

このまま家を出ようか迷った。

でも結局、もう一度自室に戻って、机の上からスケッチブックと筆箱を手に取り、リュックに入れた。

何も描けなくても、持ち歩いていないと安心できない。いっそのこと捨ててしまおうか。そうすれば自分の中の何かが変わるかもしれない、なんてことを思う。

父さんが買ってくれたファーバーカステルの平缶をそっと見る。最後に使ったのは何年前だっけ。水彩用のスケッチブックだって、もう何年も買っていない。

スマホをコートのポケットに突っ込む。

そのタイミングで玄関のチャイムが鳴った。

誰だろう。自室から出て階段を降り、玄関の扉を開けた。

「よお！　来たぜ！」

立っていたのは友人の安藤《あんどう》涼太《りょうた》だ。

メルトンのジャケットに、青いカラーパンツを合わせている。

肌の色が白い中性的なイケメンで、髪も肩まで届きそうなほど長い。

高校生になったら本格的に動画配信をしてみたいらしい。だから見た目にはかなり気を使っていると言っていた。

「あれ？　今日遊ぶ約束していたっけ」

慌ててスマホを出して確認しようとする俺を、安藤は止めた。

「いや、別の予定でこの近くまで来たから、ついでに寄っただけ」

ついでかよ。連絡してから来いよ。

安藤は俺の格好を見て、

「なんだよ鰐川。これから出かける予定でもあるのか？」

と訊《き》いてきた。

鰐川草《そう》。

これが俺のフルネームだ。

『草』という単語は、ネットスラングとして使われている。そのせいで何度もからかわれてきた。それでも俺は自分の名前が好きだ。だって父さんが付けてくれた名前だから。

「急ぐ用事じゃないし、上がっていきなよ」

「用事ってなんだ？」

「自転車の修理。錆がひどくてさ。自分じゃできないから、自転車屋さんまで押して行こうかと思って」

「あ、じゃあ途中まで一緒に歩くわ。行こうぜ」

玄関にしっかり鍵を掛けてから裏庭に回り、自転車を引っ張り出す。元は銀色のフレームだけど、ところどころ赤茶色に染まっている。

「うお、錆だらけ。海辺の街はこれだからな。おれはもう、何年も自転車に乗ってねえや」

安藤が俺の自転車を見て言った。

「そうなんだ」

「すぐ錆《さ》びるし、風も強くて怖いし。歩いたほうが楽。っつーか、むしろ家から出ない」

まだまだ外は肌寒い。手袋も持ってくればよかった。

安藤はポケットに両手を突っ込んでいる。

空は真っ青で雲一つなく、だからこそ何も見えなかった。

俺たちは同じ高校に受かった。中学卒業とは言っても大きな変化があるわけじゃないし、心乱されるような別れも特にない。それでも今の時期、何かがしんみりしていた。

義務教育が終わる。そこに、ちょっとした不安があるのかもしれない。

前から自転車が一台走ってきて、けっこうなスピードを出しながら俺たちの横を通り過ぎていった。乗っていた人は、耳にイヤホンをはめていた。

安藤が口を開く。

「あれは音楽を流しているのか。はたまた外音取り込み機能をオンにしているのか。どっちだと思う？」

「さあ。わからない」

傍目《はため》には判断のしようがない。

ちなみに外音取り込み機能とは、読んで字の如《ごと》く、外の音を取り込むための機能だ。

これをオンにしていれば、イヤホンやヘッドホンをつけていても外の音が聞こえる。

「もしだぜ。もし仮に、外音取り込み機能をオンにしていて、かつ、音楽再生などの、音の出る機能をオフにしている場合。イヤホンをしながら自転車に乗ってもいいのか？鰐川はどう思うよ」

「ダメだろ」

「なんで？」

こいつ、わかっていて訊いているな。

仕方がない、しっかり答えるか。

「だって傍《はた》から見たら、その人が音楽を聴いているのか、それとも外音取り込み機能をオンにしているのか、判別できないじゃん。それに外音取り込み機能って言っても、外の音を完全に拾えるわけじゃないだろ、あれ」

俺の体感だと七、八割くらいしか拾えない気がする。その状態で自転車に乗るのは、感覚的に怖かった。

安藤は頷《うなず》いてから口を開いた。

「じゃあさ、コンビニで買い物をするとき、外音取り込み機能をオンにしているイヤホンを外すべきか、どうか。鰐川はどう思う？」

「レジでの会計のときに、イヤホンをつけていてもいいかってこと？」

「そうそう」

「無人じゃなくて、店員さんがいるレジってことだよな」

「うん」

「俺は外すかな」

イヤホンをつけたまま人と話すっていう発想が、まずない。それにさっきの自転車の話題と同じで、外音取り込み機能がオンなのか、それとも音楽を流しているのか、見ているだけでは判別できない。レジの店員さんも話しかけるのに困るだろうし、やっぱり外すかな。

「いちいち外すの？　ケースにしまって、お店から出たら、またつけ直すのか？」

「そうだよ」

「おれも」

同じ意見だった。

「さっきからなんなの？」

安藤が何を訊きたいのかわからない。

「いや、なーんかさ。こういうのって難しいなって思って。マナー？　モラル？　道徳？　こう、あんまり真面目なこと言っても煙たがられるし、正解は人それぞれみたいなのも逃げ口上に感じるし、技術の進歩によって今まではダメだったことが普通になるし、時代が違えばルールも変わるし、過渡期にはどっちが正解なのかもわかんねえし。

だからまあ、鰐川に訊いてみて、自分の感覚が間違ってねえのか……というよりも、近しい人間とそう離れていないのか知りたかったんだ」

言いたいことは、なんとなくわかる。

道徳やモラル、マナーが、距離感になってしまったみたいだ。

ネットでも現実でも、いろいろな価値観と触れなければならないから、なのかもしれない。

「イヤホンやヘッドホンが、誰かと繋《つな》がるためのツールにもなったよな」

安藤が言った。

こういった道具の象徴性が変わるということは、つまり人間関係の在り方が変わるのと同じことだった。

一人になりたいと願っても、常に誰かと繋がってしまう。

最新の情報を取り入れなければ、世界についていけない。

沈思黙考は贅沢《ぜいたく》であり、そんな余裕も、時間もない。

自分の殻に閉じこもることはできない。もう、そういう時代じゃなかった。

「これから、どんな世の中になるんだろう」

俺が誰に問うでもなく口にすると、

「さあな。ただ、愉快な世の中にはなるだろ」

安藤はそう返した。

「愉快？　皮肉か？」

「そこまで嫌味を込めているわけじゃねえけど」

安藤は苦笑した。そして続ける。

「おれは未来を信じているよ」

「どうして信じられるんだ？」

「それはな。妹がいるから」

「なんだよその答え」

ちょっと笑ってしまった。いかにも安藤らしい。

「今日もこれから妹に会いに行くんだ。じゃあな」

そして安藤は、俺と違う道——駅のほうへと歩いて行った。

2

錆びかけた自転車を押しながら、長い坂を上っていく。

一番近い自転車屋さんは、この坂の上にある。

潮風が吹いた。青い海、青い空の隙間から吹いてくるみたいだって、いつも思う。でも湿っぽくてベタベタしているから、爽やかとは言《い》い難《がた》い。

息が苦しい。マスクを下げて深呼吸した。

海の匂いがする。

ちょうどいい。坂の途中で立ち止まって、眼下の町並みを眺めた。

背の高い建物はまったくない。

立ち並ぶ民家の上に乗っかっている、動かない波のような瓦屋根。ポコポコ生えている電柱。その先に広がっている海。

太陽の光が波に反射して、キラキラ輝いている。

俺はこの町で生まれ、この町で育った。だから海に親近感が湧くし、山は怖い。

逆に、山の近くで生まれた人は、山に親近感が湧き、海は怖いのだろうか。

そんなことをいつも真面目に考える。

ゆっくり景色に見入っているわけにもいかなかった。歩かないとすぐに体が冷えてしまう。自転車のハンドルを握る手に力を込めた。

やっぱりギアの音はカラカラしていて、どこかのパーツが壊れているような気がする。

「高校生になるんだから、これを機に、新しく買い直してもいいよ」

母さんはそう言った。

でも俺は、新しい自転車は必要ないと思っている。新生活で忙しくなるだろうし、その結果、乗らずに放置してまた錆びさせてしまうような気がするからだ。修理で済むならそれで充分。

すると、坂の上から人が歩いてきた。

何やらぶつぶつと、独り言を呟《つぶや》いている。近くに誰もいないのに、大げさに身振り手振りをして、急に笑い出した。びっくりしたけれど、近づくと、白色のイヤホンをしているのが目に入った。ハンズフリーで誰かと通話をしているらしい。それはそうだよな、と思った。珍しい光景じゃないけれど、見るたびに少し驚く。ヘッドホンやイヤホンの使い方が、多様化している。

潮風が吹いた。

自転車のギアが大きく鳴った。

男性とすれ違う。

「だからさあ、絵だよ。絵。美術館だよ。いや、マジで。なんか不思議な美術館があって――」

そんな言葉が聞こえてきた。

すれ違ってから数秒。少し気になって、振り返った。

男性はすぐに近くの路地へと曲がってしまったのか、もう姿は見えなかった。

自転車を見てもらうには三時間くらいかかるらしい。

今はもう、午後の一時を過ぎている。

「明日取りに来ますか？」

と自転車屋さんに言われたので、

「三時間後に来ます」

と答えた。

◇

うちからこの自転車屋さんまで五キロ以上ある。

徒歩で帰って、明日また、徒歩で取りに来るのは面倒だった。

さて、この辺に何か時間を潰せるような場所があったかな。

スマホを取り出して検索してみる。

田舎の、海辺の町だし、遊べるようなところは何もない。

喫茶店はジンジャーエール一杯で六百円もするから割に合わない。スーパーで買えば百円なのにって思ってしまう。そう思ってしまう人が行くような場所ではないのだろうし、席代も込みであの値段なんだろう。それでももったいないという感覚のほうが勝ってしまう。

お昼ご飯はうちで食べてきたから、どこかのお店に入る気分でもない。そもそも、自由に使えるお金がそんなにない。高校生になったらバイトをして、少しでも家にお金を入れなきゃ――なんて考えながら、とりあえず座れそうな場所を探した。

とはいえ喫茶店は先述の理由で却下。

そこらのベンチで座って待つにも気温は低い。三時間は潰せない。

映画館は……止《や》めておこう。

あれこれ考えながらスマホでの検索を続けていると、美術館が見つかった。それも徒歩圏内に複数ある。そういえばこの辺は、美術館が密集している場所として、県内でも有名だった。

最近は、美術館からも足が遠のいていたから忘れていた。

だってこういう建物は父さんのことを思い出してしまうから。

父さんは、美術館や映画館、水族館や図書館、博物館などなど、『館』という言葉がつく場所に行くのが好きだった。そして、ささやかなお土産を買ってくるのが常だった。

パンフレット。ポストカード。図鑑。栞《しおり》。ぬいぐるみ。キーホルダー。化石。筆箱。鉛筆。消しゴム。食器。Tシャツ。お菓子――。

「記念品だよ、記念品」

父さんはいつも笑って、そう答えていたっけ。

スマホの画面に目を向け、美術館の検索を続ける。

一つは、町営のよくある美術館だ。

一つは、絵本だけを集めた絵本美術館だ。

一つは、アプリを入れたスマホを通して作品を見るARアート専門の美術館だ。

この三つの美術館は、最低でも一回は行ったことがある。でも俺の記憶だと、この町にある美術館はこれで全部のはずなんだけど……。

「もう一つ、ある」

スマートフォンが、四つ目の美術館を示していた。

名前は——。

「言葉の美術館……？」

聞いたことがない。

この町と『言葉の美術館』のセットで詳しく検索してみたけれど、まったくヒットしない。SNSにも載っていない。生成AIも頓珍漢なことを書いている。他県にある、似たような名前の美術館はヒットするけど、この町の『言葉の美術館』は誰も話題にしていなかった。

今の時代で、そんなことあるのか？

つまらなすぎて、誰も見向きもしない美術館なのか。

オープンしたばかりで、全然知られていないとか。

それとも何か別の理由があるのか。

「まあいいや」

地図でだいたいの位置を把握してから、スマホをポケットにつっこんだ。

どうせ三時間は、どこかで潰さなくてはならないのだ。

この美術館がつまらないとしても、座れる場所くらいあるだろう。

それにちょっとだけ……ほんのちょっとだけ、さっきすれ違った男性の言葉も引っかかっていた。


――不思議な美術館がある。


一日の内で、美術館というワードが何回も俺の意識に上ることは珍しい。これはもう向かうしかない。何もなくても、安藤との話のネタくらいにはなるだろう。

そう考えて、俺は言葉の美術館に向かった。

◇

木々が密集している場所に見たことのない小道があり、それを抜けた先にちょっとした空間があった。

神社でも建っていそうな雰囲気の場所だ。

そこには二本の大木が立っていて——その大木の間に、ねじ込まれるようにして、言葉の美術館は存在していた。

神聖な山小屋というか、スペースのない場所にムリヤリ建てた別荘というか……。

なんとも言えない雰囲気だ。

いずれにせよ窮屈そうな建物である。

近くには駐車場がなく、またバス停もない。不便な立地だ。

太陽光を周囲の木々が遮っていて、美術館には、幽《かす》かな木漏れ日がそっと被さっているだけだ。よく見れば、外壁にコケがくっついている。元からそういうデザインなのか、それとも長い年月を経て自然にくっついたものかはわからない。でも、そんなにジメジメしている空気でもない。

木の匂いと海の匂いが同時に香ってくる。

ここまで来て、入るかどうか迷った。

そういえばネットには入館料が載っていなかった。ジンジャーエール一杯よりも高いかもしれない。それでいて、つまらないかもしれない。ソファだってないかもしれない。

情報がなさすぎるのだって怪しい。

もう一度スマホを取り出して確認しようとした次の瞬間、

「なんだこの建物。気味が悪いなあ」

背後から、木の葉を揺らすような、爽やかな声が聞こえてきた。

実際、周囲の葉がざわざわと揺れた。

振り返ると、一人の男性が立っていた。

オールバック気味の短髪に、ツルの細いメガネ。白いシャツに、スラッとしたパンツ。手足が長く、バランスがいい。造形美を突き詰めたような、モデル体型の男だった。少し神経質そうにも見える。

そんな男性が、口を開いた。

「ねえ。君」

「は、はい」

「僕は、日本中のおもしろそうなスポットを旅しながらライブ配信したり動画投稿したりしている旅系のインフルエンサーなんだけど、この建物はおもしろいかな？」

スマートな外見から出てくる軽すぎる口調に驚いた。

自分で自分のこと、インフルエンサーって言っちゃうのか……。

それだけ登録者数に自信があるのかもしれない。

俺が何も答えないでいると、彼はスマホを取り出して、なにやら操作し始めた。配信の準備をしているのか、あるいはフォロワーに相談しているのか。

「ここって撮影の許可をくれるかな」

「知りませんけど、たぶんダメなんじゃないですか。美術館ですし」

俺が知っているわけがない。

「あ、そう。とりあえず訊いてみるか」

そう言って男性は、俺を追い抜かして、先に、美術館の中に入っていった。

男性が建物の中に入ると、ざわめいていた木の葉も静かになった。

ますます、どうしようか迷った。

むしろあの男性がいるのなら、行かなくてもいいか、とさえ思った。

引き返そうとした俺の足元に、一羽の、茶色くて小さな鳥――ミソサザイが飛んできた。丸っとしていて、ちょこちょこ動き回っている。人間のことを恐れていないみたいだ。

ミソサザイが鳴いた。

キレイな鳥の声が木々の合間を抜けていった。

一瞬だけ、木陰が薄くなったような気がした。

不思議と、俺の肩の力も抜けた。

入ってみるか。

行動を起こすきっかけなんて、この程度のものだ。

ミソサザイが飛び立つのを見届けてから、俺は、美術館の入り口まで進んだ。

扉は木製で、ドアノブは鉄だ。触れると冷たい。

開き戸で、しかもかなり重かったので、それなりに力を込めて扉を開けた。

扉上部についているドアベルが、からんからんと音を鳴らす。

中に入ったのと同時に、真正面の廊下——奥へと消えていく人影が見えた。その人影は、もこもこした素材の白いヘッドホンをしていた。一瞬だったけど、身長から推測するに、俺の前に入っていたモデル体型の男性ではないだろう。

それにしても、もこもこ素材のヘッドホンか。春とはいえ、確かに外は寒かったしな、なんて考えていると、

「いらっしゃいませ」

入り口すぐ横から声をかけられた。

びっくりして、すぐに声のほうに視線を向けた。

受付用のカウンターがあり、中に女性が立っていた。髪型は黒髪のロングで、片方を耳にかけている。見えている耳には、翡翠《ひすい》のイヤリングがついていた。顔は白く、目は細い。服装はスーツだ。

「いらっしゃいませ」

目が合い、もう一度言われた。

俺は彼女に近づく前に、館内をぐるりと見回した。

内装は、木目調で統一されている。少し大きめの、オシャレなロッジと言えるような雰囲気だ。壁や天井、机の上に置かれているランプはオレンジに発光していて、柔らかい色で館内を照らしている。ところどころに切り株を模したような形のインテリアが置かれている。切り口の上にさまざまなぬいぐるみや、ランプ、よくわからない形のオシャレアイテムが乗っかっている。木造の立体パズルなどもそこかしこに置かれていた。

受付近くには、俺の身長よりも高いところで切られている切り株デザインのインテリアが設置してあって、切り口の上にはなぜか、これまた木でできているクジラの彫刻が、俺を見下ろすように置かれていた。

テーマは海なのか、森なのか。

あるいはその両方なのか。

「申し訳ございませんが物販コーナーと、併設されているカフェは準備中です」

受付の女性が言った。聞き取りやすい声をしていた。どこか機械的というか、ＡＩの読み上げソフトに近い。

俺は受付に近づき、

「ここは、どういう美術館なんですか？」

訊いた。

「当美術館では、特設展示コーナー以外に展示物はございません」

微妙に繋がっていない返答をされた。

「……どういう美術品を展示しているんですか？」

「ただいま『ヘッドホン展』を開催しております」

「世界中のかっこいいヘッドホンや、歴史的に価値のあるヘッドホンを集めて展示しているとか、そういうことですか？」

「違います」

女性は言葉を続けなかった。

どう違うのか、そして何を展示しているのか説明してくれよ、と思った。でも質問しにくい雰囲気だ。こういう態度のせいで知名度がないのかもしれない。それにしたってネットには悪評すら書かれていなかった。

どれだけ待っても、女性は次の言葉を紡がない。

間が持たないので、もう一度、周囲を観察してみた。

受付は狭く、ポストカードとレジしか置かれていない。ポストカードには、水彩画風のヘッドホンのイラストが描かれている。受付手前には木造の小さな看板が置かれていて、印刷紙が一枚だけ貼られている。

『ヘッドホン展、開催中』

というシンプルな言葉が書かれているだけの、無味乾燥なポスターだ。その他、詳細な情報はまったく書かれていなかったし、開催期間すら載っていなかった。

受付より先は廊下が三つに分かれていて、それぞれの廊下の入り口に案内板が吊《つる》されていた。

左の廊下を進めばカフェ。

右を進めば物販コーナー。

真ん中が美術品の展示コーナーだ。

もうここまで来たら、展示品を見るしかない。入館料が高かったら止めるけど。

「……いくらですか？」

訊くと、女性はにっこりと笑ってから説明してくれた。

中学生は五百円。高校生は千円だった。

春休み中は、まだ中学生料金でもよかったはずだ。だから俺は五百円を支払った。

「まずはこちらのパンフレットをご確認ください」

受付の女性は、A4用紙一枚を渡してきた。

表は、白地に黒で『美術館』とだけ書かれている。

裏返すと、やはり白地に黒のシンプルな字体で、注意事項が書かれていた。


館内のルール。


ヘッドホンを外してはならない。

ヘッドホンのバッテリーが切れる前に、受付に戻ってこなくてはならない。

撮影禁止。ライブ配信禁止。

一度出たら、もう二度と入ることはできない。

館内に飾ってある絵をどれでも一枚、自由に持ち帰っていい。


読めば読むほど疑問が湧き上がってくるルールばかりだ。

どこから質問すればいいのか悩んでいると、

「展示コーナーへとお入りになりましたら、ヘッドホンを外してはいけません」

受付の女性が言った。

この近くにあるARアート専門の美術館みたいに、特殊な作品でも扱っているのか、なんて考えていると、

「ルールを破って困るのは、お客様ですよ」

女性はそう言って、にっこりと笑った。妙に威圧的な笑顔だったので、二、三歩、後ずさった。

「こちらがお客様につけていただくヘッドホンです」

女性はカウンターの下から大きめの箱を取り出した。彼女が蓋を開けると、中から黒くてゴツいヘッドホンが出てきた。つけているだけで首や肩が凝りそうな重厚感だ。石のようであり、金属のようでもある。

女性が丁寧な手つきでヘッドホンを箱の中から取り出し、俺に手渡そうとしてきた。

受け取ってもいいのか、迷う。

女性が、念を押すように、ぐいっと両手をこちらに近づけた。

俺はさらに一歩、後ずさった。

でも、視線は黒いヘッドホンから離れない。

抗いがたい吸引力がある。

女性は、俺に向かってヘッドホンを差し出した体勢のまま、まったく動かなくなった。

俺が受け取らない限り、百年でもそのままの体勢で固まっていそうな雰囲気だ。さっき

からこの人、変なところで動作や言葉が止まるというか、どこか人間離れしている感じがする。仕方がないので、一歩、近づく。そのまま吸い寄せられるようにして二、三歩と進み、ヘッドホンに手を伸ばした。

自分でもびっくりするくらい勢いよく右手で摑《つか》み、持ち上げた。意外と軽かった。

受付の女性の顔をおそるおそる覗《のぞ》き込《こ》むと、彼女はにっこりと笑った。やっぱり、どこか怖い笑い方だ。

慌てて視線を落とし、そのまま手元のヘッドホンをまじまじと観察した。

これは一体、なんの素材でできているのだろう。見てもわからない。軽い。軽いのに重厚感がある。初めて漆塗りの器を触ったときの感覚に似ている。でもこれは漆じゃない。

いや、待てよ。

何か見覚えがある。

謎の素材。

そしてこの、ヘッドホンのデザイン。

「ああ、これは――」

3

「これは最強の素材、インビジウムでできているヘッドホンだ」

父さんが黒いヘッドホンを手に取り、言った。

俺の近くにいた母さんが、不思議そうな顔をしながら首をひねっていた。

「いんびじうむ？　なにそれ。シンビジウムなら知っているよ。花でしょ。インビジブルも知っている。目に見えないって意味の英語だよね。後はそう、インジウムも知っている。金属だっけ。でも、いんびじうむは知らない」

「インビジウムは、映画『キマイラファンタズマ』に出てくる架空の素材だよ」

父さんが早口で答えた。それから、

「き、きまいらふぁんたずま？」

困惑している母さんの手を取り、興奮気味に説明しだした。

「映画だよ、映画。僕の好きな怪獣映画。僕が子どものころから、ずうっとシリーズが続いているんだ。とはいっても三十年で六作とかだけど、まあそれはいい。その映画の一作目にインビジウムっていう架空の素材が出てくるんだよ。軽くて丈夫で、なにより黒い。石のようであり、金属のようでもある。このインビジウムで作られているヘッドホンが、物語の謎を解く重要なアイテムになってくるんだけど……これ以上はネタバレになるから言えないなあ」

「あ、そう。そうなの」

母さんはまだ困惑している。

ついさっきまで父さんは物置を掃除していて、いきなり「懐かしい！」とテンション最高値を叩《たた》きだしたから、母さんは驚いているのだろう。

「あなたの持っているそのヘッドホンが、インビジウムでできているの？」

「うん？　まあ、そうだね。このヘッドホンは、僕が中学生のころに買ってもらった公式のグッズだよ。本当の素材は金属とプラスチックだ。でも僕にとってはインビジウムでできているのと同じだ」

「そう。そっかあ……同じかぁ」

「懐かしいな。音質はまあアレだけど、普通にヘッドホンとして使えるし、デザインもかっこいい。だからお気に入りのアイテムで、毎日使っていたんだ。……いつの間にかなくなったと思っていたら、物置の中にあったよ」

あの後、父さんの勢いに押されて、映画のシリーズ五作を立て続けに見たのだった。

とても楽しかった。

こんなに楽しい映画を見たことがないと思うほど、楽しかった。

最新作の六作目はちょうど公開されたばかりだったので、家族三人で見に行くことになった。

映画館に着いた父さんは、パンフレットやステッカーといったグッズを買い込んだ。

「記念品だよ、記念品」

それが父さんの口癖だった。

家に帰ってきてから、シリーズについてあれこれ家族で語り合った。その日から父さんは、黒いヘッドホンをときどき頭につけて、映画のサントラを聴くようになった。

「子どものとき、よくこのヘッドホンをつけて孤高を気取ったりしていたっけ。誰も僕のことをわかってくれない、僕の言葉なんて誰にも届かない、なんてね。今思えば恥ずかしいけれど、同時に、大事な時期だったとも思うよ」

「大事な時期……」

俺が呟くと、父さんは嬉しそうに目を細めた。

「僕は『誰かのために』という言葉が苦手でね。どうせ人間なんて、自分のためにしか生きていないって考えていたんだ」

父さんにもそんな時期があったのか。

「でも、母さんと出会って――そして草が生まれて、考え方は変わったんだ。こういうと君は嫌がるかもしれないけどさ。僕は家族のためなら頑張れる」

　父さんのようには思えない。

　誰かのため、という言葉は使えない。その言葉は怖い。とんでもなく怖い。そんな俺の頭を、父さんはガシガシと乱暴に撫《な》でてきた。するっと逃げる。

「やめてよ、もう」

「今の言葉は重たいか？」

「別に」

「いずれ君にも、一人になりたいと思うときが来るだろう。そのときにこのヘッドホンをあげるよ。それまでは僕が使うから」

　そう約束してくれた。

　俺はこのとき、

「要らないよ」

　と答えたような気がする。

　映画一作目の中で登場したキーアイテム。

　かつてヘッドホンは、心を閉ざしていることの象徴だった。

　でも――

「今の時代は違うよな」

「俺は……」

「いかがなさいましたか？」

「ああ、いえ。なんでもないです」

受付の女性に弁解しながら、もう一度、手元のヘッドホンに視線を戻した。

似ている。

父さんが交通事故に遭ったとき、一緒に粉々になってしまったあのヘッドホンと似ている。ただし、父さんが持っていたのは有線タイプのヘッドホンだった。でもこれはワイヤレスだ。

ヘッドホン展というのが具体的になんなのかわからないけど、ここにあっても不思議ではない……のか？　そういえばキマイラファンタズマはこの春、最新作が公開される。それにかこつけたコラボとか？

「お客様はスマートフォンをお持ちでしょうか」

俺の困惑をよそに、受付の女性はどんどん話を進める。

「あ、はい。持っています」

もたもたした仕草で、ポケットの中からスマホを取りだした。

「それではスマートフォンの画面をご確認ください」

「え？」

慌てて視線を下げた。

スマホには、俺が設定した待ち受け画面ではなくて、でかでかとしたヘッドホンのマークが画面中央に映し出されていた。そのマークの下には、バッテリーの残量が百パーセントと表示されている。

「お客様のスマートフォンに表示されているパーセンテージが、お渡ししたヘッドホンのバッテリー残量となっております」

「え？　え？　ちょっとなにこれ。ウイルス？」

「そちらの数値がゼロになる前に、この場所——受付にお戻りください」

俺の困惑をよそに、受付の女性は説明を続ける。

「バッテリーはおよそ六時間で切れてしまいますので、ご注意ください」

「いやいや、ちょっと待ってください。どうして、俺のスマホの待ち受け画面が変わっているんですか？　俺、なんにもしていませんよね」

なんらかのアプリをダウンロードしていない。

この美術館のWi-Fiにも繋げていない。

だいたい美術館に入ってから、スマホを一切いじっていない。

「当美術館に入るのに、必要な措置ですので」

「ですので？」

「こちらで設定いたしました」

「どうやって？」

受付の女性は、その質問に答えなかった。

俺は慌ててスマートフォンをいじくり回したけど、どう触っても画面が変化しない。時間もわからない。

「これだとスマホ自体のバッテリー残量がわからないじゃないですか」

「ご安心ください。ここではスマートフォンのバッテリーは消費されません。お客様が気にすべきは、ヘッドホンのバッテリー残量だけです」

「……」

スマホ自体のバッテリーは消費されない？　どういう理屈なんだよ。訊いてもいいのか迷い、ちらっと女性の顔を盗み見ると、にこっと笑顔で返された。これは答えてくれないパターンだ。

「……スマホ、元に戻りますよね？」

「こちらをご退館いただいた後、正常な機能にお戻しいたします」

「……」

その言葉を信じるしかない。

「ちなみに当美術館は、撮影及びライブ配信を禁止しております」

まるで『だからスマホをいじれないように、勝手に改造したよ』と言わんばかりの補足説明だった。

嫌な予感がする。

ここで引き返すべきだろうか。

どう考えてもこの美術館は変だ。すでに入館料を払っているとはいえ、大事なスマホによくわからないことをされてまで、入る必要はない。

でも話のネタにはなる。なるんだよなあ……。

「館内に飾ってある絵をどれでも一枚、自由に持ち帰っていいというルールについてなんですけど、本当に持ち帰ってもいいんですか？」

「はい。どれでも一つ——たった一つだけ、自由に持ち帰っていただいて構いません」

「本当ですか？」

「はい」

「どんな絵でもですか？」

「はい」

「どうしてですか？」

最後の質問には答えず、受付の女性は微笑《ほほえ》んだ。

そういう反応をされてしまっては、質問を続けることはできない。

こんな状況下で、自由に一枚、絵を持ち帰ってもいいと言われたって、気が乗らない。

だって怖いもの。

どうせ何も手に取らず、この美術館を出ることになるだろう。

「ああ、そうそう」

と受付の女性は軽い調子で、

「他人のヘッドホンを奪っても効果はございませんので、ご注意ください」

と付け足した。

意味不明な助言の連続に、頭がパンクしそうだった。

4

黒のヘッドホンを頭に被せる。

吸い付くようなつけ心地で、どれだけ激しく動いても外れなそうだった。

まさか、つけたら二度と外すことができない呪いのヘッドホンとかじゃないだろうな。

そう思い、慌ててヘッドホンを摑んだ。

簡単に外すことができた。そりゃそうだよな、と安堵《あんど》のため息をつく。

受付の女性にはいろいろ訊きたいことがあったけど、次のお客さんが入ってきたため、ムリヤリ送り出されてしまった。

「どうぞお楽しみください」

圧のある笑顔を付け足されては、もう立ち止まることができない。

直線の廊下を進んでいく。

途中、非常口の扉があった。それを横目に、さらに先へと進む。すると廊下の真ん中に仕切り壁が現れた。

右が入り口。

左は出口。

と、書かれている。

つまり右から入って展示コーナー内の順路を一巡した後、左から出て、またこの廊下を逆に辿《たど》って、受付に戻ることになるのだろう。順路はたぶん一本道かな。

もちろん俺は右——展示コーナーの入り口へ進んだ。

入り口に、チケットを確認する係の人はいなかった。そもそもチケットなんて渡されていないし、この特別展以外に、展示コーナーはないはず。

入って、すぐに曲がり角にぶつかった。

右に曲がるとすぐにもう一回、今度は左へと曲がる構造で、さらにもう一回左、そして右へと曲がるように、順路を示す矢印の看板が置かれていた。つまりコの字形の道だ。

扉はない。例えるなら、大型店舗にあるトイレ前の通路みたいだ。ジグザグに廊下を曲がることで、扉を設置する必要がなくなる。ここも同じだ。空間を物理的に区切ることなく、展示コーナーへと辿りつくことができるという構造だ。

そして――。

急に、開けた空間に出た。

体育館の、半分ほどの大きさの部屋だ。

でも視界は狭まったような印象を受けた。

窓がないからだ。それに廊下よりも天井の照明が落としてあって、薄暗い。照明で空間が区切られている。

意味もなくヘッドホンを触った。

それから一度下を向き、ゆっくりと息を吐いた。

しん……とした、体中を刺すような静けさに浸る。

ツバを飲み込む。

自分の体内の音だけは、しっかり聞こえた。

顔を上げる。

もう一度、部屋の中に視線を向ける。

壁にずらりと絵画が飾ってあった。

大きさは作品ごとに違う。

ガラスケースなどで覆われてはいないし、近づくことを禁止するための柵やロープもなかった。そして監視員もいない。額縁はどれもシンプルな木製のものばかり。

俺のすぐ近くにある絵画は、真っ黒な背景に、梵字《ぼんじ》に似ている謎の文字が書かれている絵だった。説明文には、

『はじまりの絵』

というタイトルが書かれている。でも情報はそれだけだ。作者も年代も書かれてはいなかった。油絵だっていうことだけは、わかる。

ヘッドホンから作品解説の音声が流れてくるようなことはなかった。

じっくり見ていると、絵の中に取り込まれてしまいそうな気がしてくる。怖くなって目を逸《そ》らした。

部屋の中には、人がたくさんいた。

この空間内だけで十人以上はいるだろう。年齢や性別はさまざまだったけれど、ぱっと見た感じでは十代や二十代が多いかもしれない。

マスクをしているのは三割くらい。

ヘッドホンはみんなつけている。ただしデザインはそれぞれ違った。

ネコ耳やうさ耳がついているタイプ、貝殻のような形をしているタイプ、SF映画に

出てきそうなゴーグルがついているタイプ、横に長いデザインもある。狭い廊下で引っかかりそうだ。

そういったさまざまな形のヘッドホンをつけている人たちが、飾ってある絵画を熱心に見つめていた。

一つの絵の前で立ち止まってジッと観察している人や、うんうん頷きながら歩いている人がいる。ひたすら自分のヘッドホンをぺたぺた触っている人もいるし、俺と同じようにキョロキョロと他人を見ている人もいる。その人と目が合ったけど、すぐに視線を逸らされてしまった。

人の波に逆らって鑑賞している人もいる。逆走は問題ないらしい。看板が示している順路は大まかなもので、そこまで厳密な感じではなさそうだ。さっき見た絵を、もう一度見たいと思うことだってあるだろうし。

他人の動線の邪魔をしなければ、行き来は自由なんだろう。

最終的な入り口、出口さえ間違えなければ、それでいいのかもしれない。

ヘッドホンをしているから、音が全然聞こえない。

遮音性が高すぎる。

ここまで聞こえないとなると、ノイズキャンセリング機能が働いているはずだ。

――靴の音、かすかな呼吸音、衣擦れ、ささやかな会話。

そういった音が全部そぎ落とされてはいるものの、静謐《せいひつ》さが極まるというわけではなく、代わりに雑多なヘッドホンが目に飛び込んでくるから、半端に俗っぽい。聴覚の静けさを、視覚のうるささが帳消しにしている。

こう言ってはなんだけど、拍子抜けした。

この美術館はネットに情報がなかったし、受付の女性は少し人間離れした雰囲気をまとっていたし、ヘッドホンを外していけないなんていうルールもあるしで、不安と期待を煽《あお》っておきながら、いざ展示コーナーに入ってみたら当たり障りのない美術館だったなんて……。

いやでも、俺のスマホに起こった事象については、説明がつかないか。

確かめるために、ポケットからスマホを取り出した。

待ち受け画面には、ヘッドホンのバッテリー残量だけが表示されている。

タップをしてもスライドをしても、やっぱり反応しない。

どっちなんだろう。

この美術館はただのイカレた美術館で——というかイカレてすらいなくて、バズり狙いの変な企画を行っている、センス皆無の美術館なんだろうか。

それとも。

ここは本当に、不思議な美術館なんだろうか。

考えながら歩いていたせいだろう、次の絵に向かおうとしたところで人とぶつかった。

「すみません」

俺は反射的に、声を発した。

相手の女性の口も動いた。でも声は聞こえてこなかった。

さらに女性——いや、女子か。俺と同年代くらいに見える女の子の口がパクパクと動いた。

女の子が、自分の頭に乗っかっている、もこもこした暖かそうなデザインの白いヘッドホンを指さした。

「あー、ノイズキャンセリングか」

俺は、声に出して言った。もちろん相手には聞こえないだろう。

女の子は小首を傾《かし》げた。もこもこした素材のヘッドホンも、同じ方向に傾いた。

冬ならいいけど、夏にはつけたくないデザインだ。今日は寒かったし、館内もそれほど暖かくないからちょうどいいかもしれない。彼女は寒がりなのか、着ている服も、もふもふした素材のカーディガンだった。後は、赤くて大きめのバッグを右肩から斜めにかけている。

ショートボブの髪型と、白いヘッドホンが絶妙に合っている、そんな子だ。

俺が美術館の扉を開けたとき、展示コーナーへと歩いて行ったのはこの子だろう。だからどうだっていう話なんだけど。

目の前の女子がもう一度、口をパクパク動かした。

今度は「ごめんなさい」と言っているのがわかった。

ぶつかってしまったことを謝っているのだろう。

不注意だったのはこっちだから、むしろ俺のほうが謝らなければならない。

俺はマスクを下にずらしてから、今度は両手を合わせて拝むようなジェスチャーと合わせて、

「ごめんなさい」

と言った。

女の子はこくんと小さく頷いた。

第二章

1

絵を見る。

心惹《ひ》かれない。

次の絵に向かう。

立ち止まる。

絵を見る。

心惹かれない。

次の絵に向かう。

立ち止まる。

ふと、隣に視線を向けると、俺とぶつかったもこもこヘッドホンの女子もすぐ近くにいた。身長がほぼ同じで、鑑賞スピードも似ている俺と彼女は、ほとんど同じ速度で館内を見て回っていた。あまり気にせず、俺は俺のスピードで歩く。

雪中埋蔵酒を勝手に掘り返す男。

シクラメン・ブラックホール。

イカロスと水素の翼。

逆さまになったバベルの塔。

そういったタイトルの絵をときにじっくり、ときに早足で鑑賞していく。ごちゃごちゃしている絵というか、抽象画が多い。タイトルと一致していないように感じる絵もある。言葉に関係していそうな、そうでもないような、妙な引っ掛かりのあるタイトル群だ。

今のところ持って帰りたい絵は一枚もなかった。

開けた空間を出ると、細長い廊下が続いていた。そこにはソファがいくつか置いてあったので、考えごとをするために座った。その数秒後、もこもこヘッドホンの女子も廊下にやってきて、二つ離れたソファに、ぽん、と座った。もちろん示し合わせた行動じゃない。鑑賞スピードが同じで、休憩したいタイミングもまた同じだったんだと思う。

彼女は、なにやら宙を眺めたまま固まってしまった。

俺はとりあえず、スマホをもう一度確認してみたけど、やっぱりヘッドホンのバッテリー残量しか表示されなかった。

残りは九十パーセント。

誰かに相談できないというのは、かなり心細い。検索や相談ができれば、この美術館に飾ってある絵がどのくらい価値あるものなのか、わかるかもしれないのに。そう考えて頭を振った。

検索して、一番値段の高い絵を持って帰りたい？

あるいは値段の上がりそうな絵を持って帰りたい？

もしくは誰かが褒めている絵を持って帰りたい？

そんなつまらないことを思い浮かべてしまった自分に嫌気がさした。

いや……つまらないことじゃないか。高く売れれば、家計の足しになるかもしれない。

不思議な美術館だからといって、お金という価値と切り離さなくてもいいだろう。でも、今の自分には少しそぐわない感性だ。

まだまだ廊下は続いている。

この美術館がどれだけ大きいのかわからない。外観から判断すると、そんなに大きくはないはずだ。受付が小さいのだから、応対には時間がかかる。収容人数にも上限があるはずだ。なんていう常識で捉えていいのだろうか。

順路を示す看板の近くには、非常口の扉があった。その上では、見慣れた緑の誘導灯が光っている。

この建物には非常口がある。いつでも脱出できるという事実に安堵したけれど、同時に非常事態ってなんだろうと、不安にもかられた。

扉付近には、文字の書かれている看板が置かれている。

『これ以上、館内を回る必要がない場合は、点在している非常口をご利用ください』

途中で持って帰る絵を決めたり、鑑賞することに飽きたりしたら、順路を一巡しなくても非常口から受付まで戻れるってことなのかな。それだけ巨大な空間なのか、あるいは絵を持ち帰るとき、他の人の邪魔にならないようにするための配慮なのか。

考えていると、俺の近くに誰かが立っていた。

ふいをつかれて驚き、体がびくっと震えた。

外音が聞こえないというだけで、こうも人の接近に気がつかないなんて。

視界の範囲外から近づいてくる何かへの警戒心が、ゼロまで落ちてしまう。そんな怖さが、ノイズキャンセリングにはある。

立っていたのは、もこもこ素材のヘッドホン女子だった。

さっきまで二つ隣のソファに座っていた彼女は、黙って俺を見下ろしている。

何か用があるのだろうか。しばらく無言で対峙《たいじ》していると、彼女は口をパクパク動かした。当然、俺には何を言っているのかわからない。すぐに諦めたのか、彼女は何かを書くような仕草をした。

紙とペンを持っているか、と訊きたいのかな。

俺はリュックを下ろし、中のほとんどを占有しているヘルメットを押しのけて、スケッチブックと筆箱を取り出した。紙を三枚ほど破き、下敷きと一緒に渡した。さらに筆箱の中からボールペンを取り出して、これも渡した。

女の子は軽く会釈してから受け取り、すらすらと紙にペンを走らせる。

すぐに書き終え、それをくるりと回して俺のほうに向けた。

『紙とペンをありがとう。私の名前は、佐々木綾乃《ささきあやの》です』

自己紹介だ。

もこもこヘッドホン女子改め——佐々木綾乃さん。

必然、俺も自分の名前をスケッチブックに書いて見せる。

『俺は鰐川草』

『わにかわ、そう？』

佐々木がひらがなで俺の名前を書いた。黙って頷く。すると彼女は、俺と同じソファに、一人分のスペースを空けて腰を下ろした。

少ししてから、文字を書き始めた。

『なぜか息が詰まりそうだったから、話しかけた。ごめん』

これが佐々木の言葉だった。

俺もボールペンを取り出して、スケッチブックに言葉を書く。

『どうして息が詰まりそうなの？』

『わからない。こういうのは慣れているはずなんだけど』

『こういうの？』

『何でもない。ここは怖いけど、魅力的』

筆談のラリーを続ける。

『鰐川くんは、持ち帰りたい絵、決めた？』

『まだ。とりあえず全部見てから』

『どの絵もいいよね。全部欲しいよね』

どうやら佐々木は、一つに決められないほど、飾ってある絵が心に刺さったらしい。

『俺はどの絵もピンと来ない。できればヘッドホンを持ち帰りたい』

書いてから、気づいた。

そうか。俺は、今自分の頭に乗っかっている、このヘッドホンが欲しかったのか。

『ヘッドホン？』

佐々木が小首を傾げる。

俺はなんでもない、というふうに頭を横に振った。このヘッドホンは美術館から貸してもらったものだ。当然、受付で返却しなくてはならないだろう。きっと持ち帰ることはできない。

俺が何も書かないのを見て、佐々木はさらに言葉を連ねた。

『鰐川くんは、この美術館をどう思う？　本当に、気に入った絵を一枚、くれるのかな』

何かを探るような目で、佐々木は俺を見た。

これが本題なのかもしれない。佐々木はこのことを誰かに訊きたくて、俺に話しかけてきたのかもしれない。そう思った。

――館内に飾ってある絵をどれでも一枚、自由に持ち帰っていい。

考えてみれば、このルールだけ他と毛色が違う。禁止事項ではないからだ。

でも俺にはこのルールが一番不気味に感じられた。人間性が試されているというか、センスを測られているというか……。

人の中にある嫌な部分を刺激するような薄気味悪さがある。

『わからない。佐々木は何か知っているのか？』

『何も知らない』

お互いに、何も情報を持っていなかった。

佐々木はがっかりしたように、ボールペンの頭をかちかち押していた。もちろん音は聞こえない。がっかりされても困る。

佐々木は立ち上がるでもなく、ボールペンをいじっている。

会話が途切れた。

微妙な時間だ。

もう少し会話を続けたいけれど、相手にその気がないかもしれない。一区切りついたのか、それとも次の言葉に繋げるための思案なのかがわかりにくい。音がないから話しかけるきっかけもつかめないし、困った俺はとりあえずソファの背もたれに体をうずめた。そういえば俺は、自転車を修理に出すために何キロも押して歩いて、そのままこの美術館に来たんだ。今になって少し疲れが襲ってきた。

通りすぎていく人たちを、なんとなく目で追う。

スーツ姿の男性。シルバーのヘッドホン。

十代の男性と女性。どちらもネコ耳ヘッドホン。

三十代くらいの女性。避雷針のような何かが中心にくっついているヘッドホン。

二十代くらいの長身の男性。何もつけていない。

……何もつけていない？

そんなバカな。

慌てて立ち上がり、男性の後ろ姿を目で追った。ワインカラーのジャケットに、太めのスラックスを穿《は》いている。ポケットに手を突っ込んで歩いているその姿は、不遜でチヤラそうに見えた。身長は高く、百九十センチ以上ありそうだ。ガタイも良《い》い。そして男の頭には、やっぱりヘッドホンがついていなかった。

ボサボサした、天然なんだかオシャレパーマなんだかわからない髪型のその男は、ふと立ち止まると、振り返って俺と佐々木のことを見た。

目じりの下がった柔和な印象の瞳が、粘性を帯びるようにゆっくりと動く。俺と佐々木の顔、それから被っているヘッドホンあたりを重点的に見ているような気がする。起きていながら微睡《まどろ》むような、そんな視線だ。

見られているだけで重さを感じる。

それでいて視線以外の存在感、圧迫感はあまりない。影のように周囲と同化している。途端に興味をなくしたのか、謎の男は俺たちから視線を切って、再び歩き始めた。男が廊下を曲がってしまうまで、俺はその背中を凝視することしかできなかった。

2

どうしてあの男はヘッドホンをしていなかったんだろう。

ヘッドホンではなく、小さなイヤホンをつけていたとか？

髪が長くてボサボサしていたから、そのイヤホンが見えにくかったとか？

もしくは受付で言われたルールに意味や強制力はなくて、ヘッドホンを外しても問題ないのか？

考えている俺の袖を、誰かがくいくいと引っ張った。

隣に座っている佐々木だ。

「どうしたの？」

彼女の口が動いた。

俺はスケッチブックに、

『さっきの男、見た？ヘッドホンをしていなかった』

と書いて、佐々木に見せた。

佐々木は眉根をよせてから、首を横に振った。そして、

「見なかった」

と口を動かした。何か他のことに気を取られていたのかもしれない。

いずれにしても、あの男は気になる。

今すぐ歩き出せば、追いつけるだろう。

俺は順路の先を指さした。

佐々木が小首を傾げたので、俺はマスクを下にずらして「行こう」と伝わるように、

大きく口を動かした。

佐々木が頷いて立ち上がった。彼女は手に持っていた紙と下敷き、ボールペンを、肩にかけているバッグの中に入れた。彼女がバッグを開けたとき、もこもこした素材の何かが、ちらりと見えた。今日は寒かったし、マフラーかもしれない。

俺は歩き出そうとしてから、いったん足を止めた。やっぱりどう考えてもマスクが邪魔だったので、外して畳んで、ポケットに突っ込んだ。これで簡単な単語だったら、口の動きだけで伝えられる。

別に佐々木を誘う必要なんてなかった。

謎の男を見た勢いでの「行こう」という発言だった。でも変な美術館だし、一人よりは二人のほうが安心できる。困ったときの相談相手だって必要だ。そう、自分自身を納得させた。

廊下を曲がると、再び開けた空間に出た。

さっきの部屋と同じくらいの大きさだったけれど、こちらは照明がより暗かった。いや、暗いというよりも、『青い』と表現したほうが正確か。水族館を彷彿《ほうふつ》とさせる雰囲気だ。光るヘッドホンをつけている人が何人かいて、かなり目立っていた。水の中のような雰囲気と相まって、イカやクラゲみたいだった。

ぱっと見た感じ、ヘッドホンをつけていない男はいなそうだ。

照明が暗いからわからないだけなのか、はたまたこの部屋を素通りして、先に進んでしまったのか。

誰かに尋ねようとして、たまたま近くにいた、貝殻型ヘッドホンをしている女の子の肩を叩いた。

女の子が振り返った。一拍遅れて、彼女の着ているセーラー服が魚の尾ひれのように翻る。

目が合った。

青く見える黒髪に、黒真珠のような瞳が印象的な人だ。たぶん高校生だと思う。

女の子は、迷惑そうな表情をした。その表情に少し怯《ひる》んだけれど、構わずスケッチブックを取り出して、

『ヘッドホンをしていない男を見ませんでしたか？』

という言葉を書いた。

その子は首を横に振ってから、手帳を取り出した。そして何かを書き始める。

『見ていません。そういうの、流行《はや》っているんですか？』

言葉の意味がわからなかったので、

『そういうのって、なんですか？』

書いて、問う。

それを見た女の子が返答を書いた。

『さっき「ここは迷宮だって聞いたんですけど本当ですか?」って、知らない人に聞かれたんですよ。そういう噂《うわさ》? 流行っているんですか? それとも、そういうのを利用したナンパですか?』

ナンパだと思われていた。心外だ。

『違います。すみません』

恥ずかしくなって会話を切り上げた。女の子は足早に立ち去って行った。ああ、もう。やだなあ。こういうことは深く悩んだら負けだ。

遅れて、佐々木が走ってきた。

「どうだった?」

と口だけで問うてくる。

「見なかったって」

俺も口の動きだけで答えた。

もちろんナンパに間違われたことは言わなかった。

佐々木がジェスチャーで、部屋中の絵画を指さした。そんな人間がいないのなら、絵画の鑑賞に戻ろうよ、という意味だと思う。

やっぱりただの見間違いだったのか?

考えても仕方がない。俺が頷くと、佐々木は周囲の飾ってある絵画を眺め始めた。横顔を見ているだけでわかる。彼女の瞳がキラキラと輝いている。

この美術館には二つの軸があるんだと、俺は思った。

絵画とヘッドホン。

どちらが重要なんだろう。

どちらがメインなんだろう。

二つの軸は、まったく別の土壌から伸びてきたもののように思えた。古い家の外壁で、複雑に絡まり合っているツタを連想した。根っこを辿ると別々なんだ。

そういえば飾られている絵画に、ヘッドホンの絵が描かれているものはなかった。

なぜ企画展の名称が『ヘッドホン展』なんだろう。

やはりヘッドホンのほうが重要なのか？

改めて部屋の中全体を見回す。

壁一面に、絵画が飾ってある。

部屋全体が青く、床と壁の境がわかりにくい。床のどこかに穴が空いていて、どぼんと水の中に落ちてしまいそうな、そんなイメージを抱かせる空間だった。纏《まと》わりつくような空気を感じる。飾ってある絵画は、なぜかぼんやりと発光していた。見やすいけれど、光源がわからない。視線を上に向けると、天井が水面のように揺らめいていた。もしかしたらプロジェクションマッピングのようなことをしているのかもしれない。でも驚くべきはそこじゃない。なぜか天井にも絵が飾られていたのだ。いよいよもって、演出が過剰になってきたような気がする。

佐々木も、口をあんぐりと開けたまま上を見ていた。

ずっと首を傾けていても疲れてしまう。

俺と佐々木はまず、壁に飾ってある絵を鑑賞することにした。

すぐ近くにあったのは、土の中から顔を出している鮫《さめ》の絵だった。

この絵はちょっと欲しいかも。そう思っていると、横からにゅっと手が伸びてきた。

体格の良い男性で、壁から絵を外してそのまま持って行ってしまった。

「あ、ちょっと」

と言ったけれど、当然、俺の言葉は相手の耳に届かない。

でもよくよく考えたら、相手の行動は、ここでは別に非常識じゃないんだ。きっとこの人は、あの絵を一番気に入ったのだろう。だから持ち帰る一枚に選んだ。そのまま彼は近くの廊下に引き返し、非常口から出て行ってしまった。

周囲の誰も止めなかった。

だってそういうルールだし、という空気が流れていた。

……そうか。やっぱり自由に持ち帰ってもいいのか。

他人の行動を見て、やっと確信できた。

でも俺には無理だ。

欲しいと思っても、ああやって行動に移すことが、怖くてできない。

もしも、本当は持ち帰っちゃいけなかったら。何かの見落としがあって、俺が間違っていたら。騙《だま》されていたら。そう考えてしまう。失敗したら晒《さら》される。ここではスマホが使えないけれど、こういう感覚は消えてくれない。

隣に立っている佐々木が、俺の袖をくいくいと引っ張った。視線を向けると、

「◆◆◆」

興奮気味に、何かを喋《しゃべ》った。

身振りや手振りから推測するに、

「やっぱり自由に持ち帰ってもいいんだ！」

と言っているらしい。

俺はとりあえず頷いておいた。

佐々木が天井を指さしながら、さらに「◆◆◆」と何かを言った。口元の動きから推測するに、多分、

「天井に飾ってある絵はどうやって持ち帰るんだろうね」

といったようなことだろう。

俺も気になる。

天井の絵について考えている俺の横を、すうっと誰かが通り過ぎた。

自然、そちらに目を向ける。

見覚えのある人がいた。

受付の女性だった。

3

いや、よく見ると、受付の女性とは髪型が違った。

受付の女性は黒髪ロングで片方を耳にかけている髪型だったけど、目の前の女性はゆるくウェーブしているセミロングだ。それに顔の造形もかなり違う。目の前の女性は瞳が大きく、鼻筋が通っている。でも纏っている雰囲気が似ていたし、翡翠のイヤリングもつけていた。展示室内の巡回を担当しているスタッフだろうか。

すらっとしたパンツスーツ姿と、高めのヒール。デフォルメされたイルカが、耳を覆う部分についているヘッドホン。白い手袋。彼女の右手は何かを抱えている。

この美術館に勤めているスタッフでも、展示コーナーに入るときにはヘッドホンをつける必要があるらしい。だとするなら、やっぱりさっきの『ヘッドホンをしていない男』は俺の見間違いだったのか。

巡回の女性は別に、俺に用事があるわけじゃなかった。

つかつかという音が聞こえてきそうなほど姿勢良く歩いてきて、そのまま俺と佐々木の横を通り過ぎた。そして男性が絵を一枚持ち帰ったために空いていた、何もかかっていない壁の前で立ち止まった。彼女は壁に新しい絵と、そのタイトルを飾った。

飾られたのは、学校の教室の中にたくさんのクラゲが浮いている絵だった。

誰かが絵を持ち帰るたびに、こうやって補充しているのか。

でもこの女性はどういう立ち位置なんだ？　監視員と学芸員って、確か明確に仕事が違うよな。お客さんがいる前で絵を飾るのも、非常識というか……それ自体がアートのパフォーマンスめいている。

巡回の女性は俺のほうを一瞥《いちべつ》すらせず、そのまま立ち去ってしまった。

唖然《あぜん》としていると、横から袖をくいくいと引っ張られた。もちろん佐々木だ。

『さっきの絵、欲しかったね。でも、補充された新しい絵も良いね』

という言葉の書かれている紙を見せてきた。

自由に一枚、絵を持ち帰ってもいい。

それはつまるところ、早い者勝ちなんだ。

本当に良いと思ったらすぐ手に取らなければ、他の誰かが持っていってしまう。でも、この先を進めばもっと良い絵に出会えるかもしれない。もしくは補充される絵の中にも、良い絵があるかもしれない。できれば時間をかけてゆっくり吟味したいけど、なるべく早めに妥協したほうがいいかもしれない――と考えてしまう。

さっきのように絵を持ち帰る人を実際に見てしまうと、なんだか惜しい気がしてくる。とんでもなく良い絵だったような気がしてくる。現に、この部屋にいる人たちは、なんだかそわそわしている。お互いに牽制《けんせい》し合うような空気が生まれている。音がなくても、それくらいはわかった。

無意味な空気だ。

こんなにたくさんの絵が飾られているのに。

自分が手にできる絵は一枚だけなのに。

あの男性が手に取るまでは、そんなに欲しいなんて思っていなかったのに。

誰かが手に取り、自分は手に入れることができなかった。

なぜか損をしたような気にさせられる。そう思ってしまうのは自分の問題なのか、それとも、この美術館のルールのせいなのか。

急に肩を叩かれた。

振り返ると、見知らぬ女性が立っていた。二十代後半くらいだろうか。目鼻のパーツが大きくて、派手顔だ。そして長い黒髪の上に黄色く光るヘッドホンが乗っかっている。ネオンのような光だ。視覚的にちょっとうるさいイメージを受けた。

隣に立っている佐々木も振り返って、その女性を見た。知っている人か、というジェスチャーを俺にしてきた。俺は首を横に振った。

その女性が、手帳を取り出して、すでに書いてある言葉を俺たちに見せてきた。

『ここは死後の世界だって聞いたんですけど、本当？』

俺と佐々木はもう一度顔を見合わせた。

スケッチブックを取り出して、返事を書く。

『知らないです。どこでその情報を手に入れたんですか？』

すると女性は、手帳のページをめくった。すでに返答が書かれているらしく、ということはつまり、こういったやり取りを何回も繰り返している可能性がある。

『通りすがりの人に聞いた。いろんな人が噂をしている』

さっき、ここは迷宮かもしれないという噂を聞いたばかりだ。さまざまなバリエーションの噂が飛び交っているらしい。

『信憑性《しんぴょうせい》は？』

俺が書くと、女性はイライラしたように前髪をいじってから、

『知らないから聞いている』

と、今度は手帳に書いた。それから口だけで「もういい」と言い、俺たちから離れて行った。そして別の人の肩を叩き、手帳を見せていた。俺たちにしたのと、同じ質問をしているのだろう。

俺はスケッチブックに言葉を書き、佐々木に見せた。

『なんだったんだろう』

『こういう場所だし。変な噂だって当然流れるよ』

と佐々木は返事を書いた。

『そっか。そうだよな』

『うん。きっとそう。ただの噂』

まるで自分に言い聞かせるみたいに、佐々木は言葉を書いた。

不思議な美術館という属性が、こういった噂を蔓延《まんえん》させる温床となっている。そりゃ、こうなるよなと俺は思った。不安から人は噂を広めるだろうし、ときには意図的に混乱を生み出そうとする輩《やから》も現れるだろう。

それにしても死後の世界か。嫌な噂だ。言葉を見せられただけで、少し動揺してしまった。まるでコップの水に落ちる一滴のブラックインクのようだ。言葉というものはおおむね先手必勝であり、放たれた段階から影響を持ち続ける。

『さっきの女性さ。私たちに、違うよって言ってほしかったのかな』

『言って、それを信じるか？』

『うーん』

お互いに、言葉を書いては相手に見せる。そこに少しの間が生まれる。慣れない間を心が埋めようとしているのか、ちょっとした居心地の悪さもあるけれど。同時に、言葉の手触りのようなものも感じ取れる。

言葉を交わす、という表現がピッタリくる。

でも楽しいことばかりじゃない。こういった状況下でもしっかり言葉は伝播《でんぱ》する。奇妙な噂が生まれていく。

『ちょっと休憩しよう。なんか疲れた』

佐々木は小首を傾げた後、

「いいよ」

と口を動かした。

部屋の隅に置いてある背もたれのない長椅子に向かい、一人分の隙間を空けて、座った。視線の先では、光るヘッドホンをつけた人たちが、優雅に絵画を鑑賞している。まるで泳いでいるようだ。

俺は自分の靴に視線を落とした。その下にある青黒い床を見つめた。

急に、床が液体のように感じられて不安になる。足裏の感覚が消えていくような浮遊感に、恐ろしくなる。音が聞こえないから、かもしれない。

音……か。

ふいに、安藤との会話を思い出した。

◇

友達の安藤に妹がいると知ったのは、ほんの二ヶ月前だ。

「おれの妹さ、ちょうかくかびんなんだよ」

「ちょうかくかびん？」

いきなり言われて、頭の中で漢字が思い浮かばなかった。

たぶん聴覚過敏だ。

「え？　妹いたの？」

「いたんだな、これが」

中学一年生のときに友達になってからずっと一緒に遊んでいるけれど、知らないことはたくさんある。ほとんど知らないと言ってもいい。

家にだって遊びに行ったことはない。

遊ぶときは、もっぱら俺の家だ。

「妹は、聴覚が人よりも敏感らしくて。ちょっとした音もストレスに感じるんだって。あいつにとって、イヤホンやヘッドホン、イヤーマフは、外出するためのお守りなんだ。他人と会うために必要なんだよ」

「……」

「音を遮断するアイテムは、世界と適切な距離を保つために必要なんだろうな」

　安藤は続ける。

「ショッピングモールに、クレーンゲームのコーナーあるだろ。妹はあそこに行けないんだよね。うるさいって言って。カラオケも駄目だし、電車も苦手みたいだ。後は映画館も音が大きいっていう理由で駄目みたい」

「映画館もか……」

「お、鰐川って映画好きなの？　配信じゃなくて映画館で見るタイプ？」

「いや、まあ、うん」

「どうした？」

「いや別に。なんでもない」

「思わせぶりに言いやがって。なんだよ」

　本当にたいした話じゃない。スマホを買ってもらい、最初に調べたのが父さんの好きだった映画『キマイラファンタズマ』の評判だった。ボロクソに酷評されていた。

その日からなんとなく、映画自体を見なくなっていったのだ。

もうすぐシリーズの最新作である『キマイラファンタズマ7』が公開されるけど、俺はたぶん見に行かない。そして、こんな気持ちを安藤に話しても仕方がない。

「本当になんでもないんだ。違う話をしよう」

「そっか。じゃあ——」

ここで安藤は不自然に間をおいてから、

「実はさ、両親が離婚したんだ」

いきなり言った。

違う話にもほどがある。

「そっか。離婚したのか」

俺は努めて、なんてことのないように返事をした。

事実、それほどの衝撃は受けていなかった。

安藤の家がもめていることは知っていたし、今日日《きょうび》、離婚なんて珍しいことじゃない。父さんが亡くなっている俺のほうが苦労している、という不幸マウントをしたいわけじゃない。ただ、家族にはいろいろな形や歴史があるということをもう知っているだけだった。いや、知ってはいないのか。俺が知っているのは俺の家庭だけで、それは誰とも比較ができない。だから安藤の話にも同情や比較、解釈をしない、というだけだ。

「さっき、妹が聴覚過敏だって言ったじゃん」

「言ったね」

「父さんが、そういうのダメで」

ダメってなんだよ。

「父さんと母さんは毎日毎日、怒鳴り合いの大ゲンカを繰り広げてさあ。おれは妹の耳をふさいでやるのに精一杯だった」

安藤自身の耳は、誰がふさいであげたんだろう。

「まったく。聴覚過敏だって言ってんのに。っていうかこれが原因で悪化したんだよ」

「……そうか」

「結局、母さんが妹を連れて出て行った。母さんの実家がある岐阜県に行っちまったよ。おれは父さんと一緒に、この町に残った。でもこれで良かったと思う。怒鳴り合うよりは、離れて暮らしたほうが絶対にいい」

安藤の横顔に、寂しげな色が浮かぶ。同学年とは思えない大人びた陰がある。

「他人のことを気にしたら、損だぜ。みんな好き勝手に喋って、みんな好き勝手に生きているだけなんだからさ」

「そうは言ってもな」

気になるものは、気になる。

俺は思っていたことを口にする。

「他人は、あなたが思っているほどあなたのことを気にしていない。興味を持っていない。だから失敗を恐れるな。自意識過剰になるな。好きに生きろって、そういう言葉を聞くよな。でも、今の時代は違う。他人は、あなたが思っているほどあなたのことを気にしてない。だから、失敗したときには死ぬまで追い詰めてくる。興味がないから全力で叩いてくる」

だから他人の目が気になる。

「それこそ目立ったら損だよ」

「なるほど、そういう考え方もあるな」

安藤はそう言ってから、にかっと笑った。

「でもおれは好き勝手に生きたいし、生きるよ。ゲーム作りをしてみたいし、動画編集も配信もしてみたい。高性能なパソコンが必要になるぞ。おれは未来が楽しみだ」

どうしてそう、前向きに考えられるのだろう。

「俺は……未来が怖いよ。イラストだって、描くの、楽しくなくなった」

数少ない趣味のうちの一つが、イラストを描くことだった。父さんがファーバーカステルという水彩色鉛筆を買ってくれたからだ。色鉛筆でありながら、水彩画の要素もあって楽しい。色鉛筆の溶けていく瞬間がたまらなく好きだ。

でも、この趣味も映画鑑賞と同じ末路を辿った。

いつからか描けなくなってしまったのだ。

それでもスケッチブックを持ち歩いているけれど。

「イラスト？　生成ＡＩのせいか？」

安藤が問うた。

俺は首を横に振る。

「違う。ＡＩイラストそのものについては、判断を保留している。その界隈《かいわい》の対立や煽りを日々、目にすることがきついんだ」

ネットでは著作権についての議論が活発化していた。技術の進歩は止められないのだから、どのように法整備をしていくか、というところが要になってくるのだと思う。やったもの勝ち、モラルを無視したもの勝ち、という状況にだけはなってほしくない。

「あー、なるほどね。お前、ちょっとＳＮＳから離れたほうがいいぜ」

「わかっている」

問題は人の悪意であり。

悪意の可視化だ。

映画を見ても面白く感じられない。

イラストを描くのも楽しくない。

自分の殻に閉じこもりたかった。でもそれができないくらい、世の中は、言葉は繋がってしまっていた。どこかの誰かと日々、比べられる。それでいて、勝手に比べてしまう自分が悪いのだと思わされる。

自己肯定感という言葉一つとっても、高めるべきだという動画や言葉を見た後に、高める必要はないという動画や言葉をおすすめされる。次の動画へと飛ぶたびに、前の動画とは真逆の内容を見せられる。自己肯定感なんて一過性のブームに過ぎず、そんなことを考える必要はないらしい。悩んでいるのは暇人だけで、とにかく行動することが最適解らしい。でも行動するためには、自己肯定感が要になってくるらしい。本末転倒ここに極まれり、といった感じだ。

そこに繊細さやギフテッドといった、それこそブームとなっている言葉や軸を持ち込み、正式な病名ではない用語を用いて他人の不安を煽り、ビジネスをしている人間まである始末。

もはや、わけがわからない。

自分を信じる、信じない。愛する、愛さない。そんなことはどうでもいい、どうでもよくない。些細なことで悩む人間は美しい。些細なことで悩む人間は馬鹿。自分を知ることが重要。自分を知ることなんてできない。

他人の言葉を見ているだけで、ひたすらに矛盾とループを繰り返して、自分の殻を超えたもっと大きな枠の中に閉じ込められてしまう。より脱出が困難な枠組みに取り込まれてしまう。

何が正しいんだ？

正しいという言葉の使い方が間違っているのか？

基準もないのにどうやって選べばいい？

そもそも何かを選ぶための指針が、俺の中に存在しない。その指針こそが文化資本というものの核なのかもしれず、こうなってくるとシングルマザーや家庭環境についての、他人の言葉がより説得力を持って頭の中を埋め尽くしていく。つまり、生まれついての環境がすべて、という言葉だ。

そんなはずはない。

そんなはずはないんだ。

俺は、母さんが夜遅くまで必死に働いている姿を見ている。その背中から受け取ったものがたくさんある。贅沢できなくても、父さんがいなくても、俺は幸せだ。

そうわかっているのに。

それなのに。

圧倒的な言葉の量に、自分の心が押しつぶされていく。

溺れそうになる。

——ああ、そうか。

だから。

俺は父さんのヘッドホンに縋《すが》りたかったのか。

これを、持って帰りたかったのか。

でもこれを頭に被ったところで、俺の悩みは解消されないだろう。父さんが思春期だったときとは時代も状況も違う。何もかもが違う。

父さんが俺に渡したかったものはヘッドホンだろうけど、その本質がなんなのか俺にはわからない。

他人の言葉が層をなして重なり合い、本当に必要な言葉を埋め尽くしている。

流れが必要だ。

水は、四℃のときが最も重い。

気温が寒い場所の海は、冷やされた海水面の水が沈むことで対流が起こる。その結果、深海にまで栄養素が行き渡るという話を聞いたことがある。

逆に気温が暖かい場所の海は、水温が一定であり続けるため、対流は起こらない。すると水中の階層は固定され、栄養素が行き来しない。

頭の中で対流を起こすには、どうすればいいのだろう。

何を冷やせばいいのだろう。

黒くて真ん丸な瞳が、視界に飛び込んできた。佐々木が俺の顔を覗き込み、肩を揺らしてきた。その微《かす》かな動きで、思考が現実に引き戻されていく。

「大丈夫？」

と、佐々木が口の動きだけで伝えてきた。

俺は軽く頷いてから、とりあえずスケッチブックを取り出した。でも、何も言葉が浮かんでこない。隣で座っている佐々木に説明するための言葉がない。

『ごめん。俺は』

と書いて、そのまま固まった。

すると佐々木が、いきなり自分の紙に何かを描き始めた。

そこにはシンプルでカワイイ鮫が描かれていた。佐々木がどういうつもりでこの絵を描いたのかわからない。訊けば答えてくれるだろうけど、わざわざイラストで伝えてくれたのに『つまり、どういうこと？』と訊くのは野暮に感じられた。

だから俺は鮫の絵を見て、『め』から始まる言葉を考えた。

単純に、お絵かきしりとりをしようと思ったのだ。理由はない。

め、め、め。

メダカ。メジロ。目玉。迷路。うーん。どれもしっくりこない。

考えた末に出した単語はなぜか『メデューサ』だった。だから、髪の毛が蛇になっている女性のシンプルな絵をスケッチブックに描いて、佐々木に見せた。

佐々木はそれを見て、何かを描き始めた。

しばらくしてから、魚の絵を俺に見せてくれた。

その後、俺はナスの絵を描き、佐々木はスイカの絵を描いた。カラス。するめ。めんどり。りす。スキー。

『き』でいいか、と佐々木が書いてきた。

俺は頷いて、肯定した。

次に佐々木が描いてきたのは金メダルの絵だった。

る、る、る。『る』で始まる言葉、かつ絵で表現できるものが思い浮かばない。仕方がないのでルビーを描いた。ダイヤモンドのような感じの絵になってしまったけれど、きちんと伝わったのだろう、佐々木は笑ってからビールの絵を描いてきた。

また『る』か。

ルーマニア。ルール。ルクセンブルク。ダメだ。どれも絵で表現できない。

『パスしてもいい？』

訊いてみた。

佐々木はニヤリと笑ってから、虫眼鏡の絵を描いてきた。なんだこれ。

ああ、ルーペか。なるほど。

それを受けて、俺はペリー提督の絵を描いた。なかなか上手いと自負できるくらいの絵だ。ペリー提督の絵を見た佐々木は口を押さえ、うずくまるような仕草で笑ってくれた。ツボに入ったらしい。

落ち着いてきたのか、上を向いて、すーはーすーはーと深呼吸をした。

「ペリーって、◆◆◆◆」

そんな形に口が動いた。

なんと言ったのだろう。「笑える」とかかな。

しりとりをするたびに――絵を描くたびに、頭の中が少しずつ晴れていくようだった。

何かが形になり、何かが溶けていった。

お互い、紙一枚とスケッチブック一枚の端まで交互に描き切ってから、二人揃《そろ》って背伸びをした。

最後の絵を描いたのは佐々木だった。

狙ったのだろう、イヤホンのイラストだ。

「私の負け。そろそろ行こっか」

佐々木の口が、そう動いた。

頷いて立ち上がる。

体がさっきよりも軽い。

絵画の鑑賞を再開させた。

佐々木が立ち止まったら、一緒に立ち止まって絵を観察した。どうしても興味が持てないときは、この部屋の空気に注意を向けた。新しく部屋に入ってくる人や、先の部屋から逆走してくる人がいる。ここには人の流れがある。だから空気も停滞しない。

とある絵の前で、佐々木がぴしりと固まった。

それは、二匹のもこもこした謎の獣が、寄り添い合っている絵だった。タイトルはそのまんまで「二匹の獣」だ。

佐々木は長いこと、その絵を鑑賞していた。

俺はやることがなかったから、スマホを確認した。

バッテリーの残量は八十パーセント。

スマホをポケットに突っ込んだ。

佐々木はまだ絵を見ていた。この絵を持って帰ると言い出しそうな雰囲気があったけど、俺の意に反して、佐々木は普通に歩を進めた。

俺も、後に続く。

なんとなく、ついていく。

熱心に絵を眺める佐々木が羨ましかった。俺にとって、青い照明が鮮明に浮かび上がらせているのは佐々木の熱意だ。彼女の背中が遠く感じられる。

俺は意味もなく、自分のヘッドホンを触った。

しばらく鑑賞を続けていると、黄色にピカピカ光るヘッドホンの女性が目に入った。さっき、俺と佐々木に噂のことを尋ねてきた女性だ。その女性の横には、スマートな雰囲気の男性が寄り添っていた。オールバック気味の短髪に、ツルの細いメガネ、白のシャツ。手足が長く、恵まれた造形の男。

見覚えがある。

美術館の入り口で出会った、自称インフルエンサーさんだ。

ライブ配信禁止だけど、どうして入館したのだろう。ここでの経験をネタにして、後に雑談だけで動画配信でもするのか？

そんな彼の頭の上には、牛の角のようなデザインのヘッドホンが乗っかっていた。

インフルエンサー男改め——牛の角型ヘッドホン男が、メモ帳を取り出して何かを書き始めた。それからピカピカヘッドホンの女性に言葉を見せた。

女性は目をまん丸に見開いた。

牛の角型ヘッドホン男はにっこりと笑い、女性の肩をぽんと叩いた。女性は嬉しそうに下を向いた。なんだか親しげな雰囲気だ。知り合いか？

でもあの男が一人で美術館に入ったのを、俺は見ている。ナンパかもしれない。

急に女性が、ピカピカ光っているヘッドホンを摑んで外した。

自ら外したのだ。

あまりにも唐突過ぎて、理解できなかった。

隣に立っている牛の角型ヘッドホン男が片手を差し出すと、女性は外したばかりのヘッドホンを素直に渡した。

すると女性は、いきなり頭を押さえてうずくまってしまった。牛の角型ヘッドホンの男は、そんな女性を放って、一人でスタスタと歩き去ってしまった。

俺と佐々木は、慌てて女性に近づいた。彼女の顔は、苦悶《くもん》の表情で満たされていた。

口元がゆっくりと動いた。

「ヘッドホン。返して」

そう喋っているのがわかった。

さっきの男がそのまま持ち去ってしまったのだ。でもこの女性は、自分の手でヘッドホンを外し、自分の手であいつに渡していた。

力ずくで奪い取られたわけじゃない。

状況はよくわからないけど――ヘッドホンを取り戻すしかない。

俺はすぐに周囲を見渡した。この女性のヘッドホンは、黄色にピカピカ光るデザインだ。青い照明のここで、手に持っている人がいれば、すぐわかる。

いた。

牛の角型ヘッドホンをしている男が、光るヘッドホンを片手に持ち、笑っていた。

数メートル離れた場所から、こっちを観察している。

俺と目が合った。

走って近づく。

意外なことに、牛の角型ヘッドホン男はその場に立ったまま動かなかった。全然逃げる気配などなく、片手に持っているヘッドホンをプラプラさせながら俺を待っていた。

男の前に立つと、

「入り口にいた子だよね」

という風に口が動いた。細部は違うかもしれないけど、それっぽいことを言っていたと思う。馴《な》れ馴《な》れしい感じを受けた。

俺は、黙って右手を差し出した。後ろでうずくまっている女性のヘッドホンを返せという意味だ。だが彼は首を傾げた。なんのジェスチャーなのかわからない、という態度を示してきた。

俺は、彼が片手でプラプラさせているヘッドホンを指さしながら、

「それを返せ」

と口を大きく動かしながら言った。

牛男は「ああ、これか」とでも言いたげな様子で、自分の手元にあるヘッドホンを眺

めた。それをもったいぶった手つきで俺に渡してきた。受け取った俺は、すぐに、うずくまっている女性のところへ向かった。佐々木がずっと、彼女の背中をさすっていた。

走って近づき、女性の肩に手をかけた——ぐらりと、体が傾いた。そのまま女性は、前のめりに倒れてしまったのだ。

頭だけはぶつけないように、とっさにかばう。

気絶していた。

意味があるのかわからないけど、取り返したヘッドホンを彼女の頭に被せた。それでも意識を取り戻さなかった。この段階まで来ると、さすがに、周囲には人だかりができていた。音がなくても、何かが起こっていることくらいはわかったらしい。野次馬が集まってくる。

俺は近くに立っていた人に、

「救急車を呼んでください」

と言ったけど、伝わらなかった。

自分で呼んだほうが早い。

女性の頭を静かに下ろすと、ポケットからスマホを取り出した。バッテリー残量を表示する画面から切り替えることができない。119に電話することができない。ここで俺の頭はパニックになりかけた。

喋ることができないから、周囲の人と連携を取ることも難しい。どうしたらいいのかわからない。佐々木を見ると、彼女は首をぶんぶんと横に振った。どういうジェスチャーなのかわからない。どうしよう。わからない。どうしよう。どうしよう。

違う。

どうしよう、じゃない。

考えている時間が無駄だ。

受付まで戻る。そう判断し、立ち上がったところで肩に手を置かれた。

振り向くと、巡回の女性が立っていた。

びっくりして固まっている俺を押しのけて、気絶している女性の近くにしゃがみ込んだ。彼女をお姫様だっこの形で軽々抱き上げると、そのままどこかに運びだそうとした。

俺は巡回の女性の前に立ち、口を動かした。

「どこに行くんですか？」

「いむしつ」

と彼女の口が動いた。

医務室、かな。

このまま任せてしまって大丈夫なのか？

ちゃんと病院に連絡を取ってくれるのか？

立ち尽くしていると、誰かが俺の袖を強く引っ張った。佐々木だ。彼女が周囲を見回すようなジェスチャーをした。集まっている人たちが、手帳を取り出して筆談をしていた。一体何が起こったのかと、熱心に意見を交換し合っていた。そのうちの一人が、俺と佐々木のほうに近づいてきた。説明を求められそうな雰囲気だ。そのことを察知した佐々木が、ワイルドなジェスチャーで『ここにいたら面倒だから行こうぜ』と表現したので、歩き出すことにした。

青い照明の部屋を出ると、廊下が数メートルほど続いていた。近くにはトイレがある。それとは別に、廊下が二手に分かれていた。

片方の通路には、通常の順路を示す看板が置かれている。もう片方の通路の前には、張り紙の貼ってある看板が置かれている。その張り紙は、A4のノートを雑に破ったであろう跡があり『立ち入り禁止』と、これまた雑な字で書かれていた。さすがに、この通路を進むわけにはいかない。

俺と佐々木はアイコンタクトだけで頷きあい、同じタイミングで、普通の通路に足を踏み入れた。

少し歩くと、小さな空間があった。

学校の教室ほどの大きさで、扉はない。

背もたれのない長めのソファが五個ずつ、二列になって置かれていて、奥の壁には大きなディスプレイが人工的な青白い光を映し出している。

ちょうど映像が始まったばかりなんだろう。『◆◆◆の美術館の歴史』という文字が、ディスプレイのど真ん中で躍っていた。普通の美術館にもよくある、その美術館を建てた人や、飾られている絵画、資金を寄付した人などの半生を延々と流している部屋だ。

どうして美術館の名前が読めないように潰れているんだろう。

ここは『言葉の美術館』じゃないのか？

佐々木と一緒に座った。彼女の横顔にも、ディスプレイの光によって、濃く青い影ができた。ゾッとするほど綺麗《きれい》だった。光と影によって、全然知らない人のように見える。

恥ずかしくなって、ディスプレイに視線を戻した。

4

ここは、ありとあらゆる時代、ありとあらゆる場所に存在している建物。

時代によって姿形は変わるけれど、なくなることはありません。

人の口から放たれた言葉、実際に書かれた言葉は、世界のどこかに集まって、なんらかの形をなしています。そこに住んでいる者たちがいるのです。

彼ら彼女らは、自分が住んでいる場所に集まってくる言葉をかき混ぜて、どこかに排出する方法を考えなければなりませんでした。そうしなくては、家がぐちゃぐちゃになってしまうからです。

水は、停滞すると腐ります。言葉も同じなのです。

人が使っている言葉なのだから、人に持ち帰ってもらおう。

彼ら彼女らはそう結論づけました。そして溜《た》まった言葉を物体に変え、人を招待し、持ち帰ってもらうことで、この場所に流れを作り出すことにしました。

今現在、それは美術館であり、絵画なのです。

また、ここは神聖な場所でもあります。

入るためには道具が必要です。

溜まった言葉から身を守るための道具。

今はヘッドホンが最適でしょう——。

◇

今は、か。

俺は自分の頭に乗っかっているヘッドホンを触った。

ポエティックに語っているけどどこか不気味で、怪異譚《かいいたん》を見ているような気分になった。あるいは神話や寓話《ぐうわ》に近いかもしれない。いずれにせよ言葉の中に住んでいるという異形の存在が、この不思議な建物に人間を呼び寄せているらしい。

本当なのか？

牛男の騒動から始まって、気の休まるときがない。

佐々木が斜めがけのバッグの中から下敷きと紙、ボールペンを取り出した。

『美術館が水中で、ヘッドホンは酸素ボンベみたいな感じってことかな』

佐々木が書いた。

しっくりくる例えだった。

『そうかも』

と俺は返事を書いた。

確かに、言葉と水は似ている。どこにでも入り込み、低きに流れる。心の奥底に溜まり、溜まると淀《よど》む。そうならないためにはかき混ぜる必要があるけれど、力加減を間違えれば、簡単に濁流となる。この美術館と、俺の頭の中は似ていると思った。ただし、俺は自分の頭に潜ることはできない。ましてや言葉を排出することなんて不可能だ。

『この美術館ってＳＮＳみたいだよね。象徴的っていうか』

佐々木が書いた。

俺と佐々木の感想は違うし、その違いが面白い。

抽象的なことは、なんにでも結びつけることができる。まるで人生のようだ。まるで人間のようだ。まるで社会のようだ。まるで、まるで、まるで……。

この美術館を結びつける対象こそが、自分を表す鏡なのかもしれない、そんな風に思った。つまり俺はこんな場所に来てさえ、自分のことしか見えていないってことだ。軽く自己嫌悪に陥る。

『女性がヘッドホンを奪われたとき、私ちゃんと見ていなかったんだけど、何があったの？』

佐々木が話を変えた。

『牛の角型ヘッドホンをしている男。あいつがピカピカ光るヘッドホンの女性と、親しげに筆談していた。そうしたら急に女性がヘッドホンを外して、牛男に渡した』

『牛男って』

佐々木が少し笑った。

『後は知っての通り。女性が倒れて気絶した。俺はヘッドホンを牛男から回収したけど、間に合わなかった』

『どうして倒れたんだろう。やっぱり展示コーナーでヘッドホンを外したから？』

『たぶん』

『牛男の目的は何？』

『わからない』

女性にヘッドホンを外させて、どうなるのか見たかった？

ルールを破った場合のペナルティ。それを他人で試したってことか？

そういえば受付の女性は、ルールについて説明してくれたけれど、破ったらどうなるのかについては何一つ説明してくれなかった。

『牛男はどういう感じだった？』

『怖かった』

俺の一言だけで佐々木は何かを感じ取ったのか、

『近づかないようにしよう』

と紙に書いた。

俺はゆっくりと頷いた。

さらに筆談を続けようと思い、ボールペンを握って視線を下げた。

足音は聞こえない。だからそいつが近づいてきたことに気がつかなかった。隣に座っている佐々木も、考えこむようにボールペンの頭を押していた。ディスプレイの光が遮られる。ねじ曲がったような二つの影が、部屋の中に伸びる。

視線を上げた。

光を背にした牛男が、俺と佐々木を見下ろしていた。

白いシャツにオールバック気味の短髪。細いツルのメガネ。鋭い瞳と、大きな牛の角型ヘッドホン。そのすべてが上手いこと組み合わさって、妙な威圧感を発していた。コスプレっぽいと言えばコスプレっぽい。でも牛の角型ヘッドホンがなければ、神経質そうな人という、ただそれだけの印象で終わりそうだ。つまり微妙なバランスで成り立っている雰囲気だった。

ディスプレイの光を背中に浴びていて、顔が暗い。

俺はあまりの不安に、自分の頭に乗っかっているヘッドホンを触った。

こちらに伸びる影が、牛男を巨大な闇に同化させている。そんな牛男が、俺のスケッチブックを指さしてから、自分のことを指さした。つまり、

『自分のことを話題にしているのか？』

というジェスチャーだ。

俺と佐々木は返事をしない。

ずっと見下ろされているのも嫌だったので、立ち上がろうとした。その俺の頭に、牛男は手を伸ばしてきた。ヘッドホンをがっしりと摑まれてしまう。とっさのことに反応できなかった。これではいっさい身動きが取れなくなる。

このまま外されて、奪われてしまうのか？

牛男は静かに力を込めながら、俺をソファに、ゆっくりと座りなおさせた。

立つな、ということらしい。

真上から押されたら、立つことはできない。

そんな俺の代わりに、佐々木が動き出そうとした。でも彼女の仕草を、牛男は目線だけで制した。俺と佐々木が力なくソファに座り込んだところを見て、牛男は満足そうに微笑んだ。彼は俺の頭から手を離すと、おもむろに胸ポケットから手帳を取り出して、何かを書き始めた。

それから手帳をくるりと回して、俺たちに書いてある言葉を見せてきた。

『この美術館から出ることはできない』

俺と佐々木は、思わず顔を見合わせた。

牛男は手帳を引っ込めた後、さらに何かを書き足し、もう一度見せてきた。

『僕たちは閉じ込められている』

いったい何を言っている――書いているのだろう。

頭がうまく回らない。

牛男は、続けて言葉を書き足した。

『外音取り込み機能つきのヘッドホンが、美術館のどこかにいくつか隠されている。それを手に入れられれば、ここから脱出できる』

理屈がわからない。

俺は口だけを動かして、

「なぜ」

と問うた。

牛男がペンを手に取る。言葉を書き足す。

『ここにはヘッドホンを外してはならないというルールがある。だが、外音取り込み機能つきのヘッドホンならば、装着したまま会話ができるようになる。他の人と連携が取れる。この美術館を脱出する術《すべ》も見つけられるはずだ。僕たちに必要なのは、会話なんだ』

どういう理屈だそれは。ツッコミどころが多すぎる。

『これはゲームだ。最初から仕組まれている脱出ゲームなんだよ。ルールの裏を読まなきゃダメだ』

牛男はさらに書き足す。

『嘘《うそ》のルールを吹聴している人間が、すでに何人か紛れ込んでいる。情報戦は始まっているんだ。君たちは僕を信じてくれるよね』

『嘘のルール？』

俺がそう書いて尋ねると、牛男は手帳に向き直った。

『ここは死後の世界だとか、あるいは怪物の徘徊《はいかい》している迷宮だとか、そういう根も葉もない噂さ』

どちらの噂も耳にしている――いや、目にしているという表現が正しいか。不思議な美術館という属性が、人の想像力を刺激しているのだろう。

『ぜんぶ僕たちを混乱させるために主催者が流しているんだ』

『主催者？』

『この脱出ゲームの主催者だよ。どこかで僕たちをモニターして嘲笑《あざわら》っているんだ。きっとそうだ。そうに決まっている』

なんなんだ、こいつは。言葉の端々から決めつけるような物言いが目立つ。あまり考えないで言葉を吐いているのが、わかる。

『君だって、なぜこの企画展の名称が「ヘッドホン展」だったのか考えただろう？　集まってくる人間に多種多様なヘッドホンを被せてわかりやすい目印とし、そのうえで争わせる。その様子を一段高いところから観察して悦に入るという趣向なんだよ、これは。もしかしたら、誰が脱出できるか賭け事をしているかもね』

よくできたストーリーに一理あると思ってしまった。

少なくとも、行われている企画展がなぜ『ヘッドホン展』なのか、ということを説明できている。要するにヘッドホンはマーキングだと言いたいのだ。顔も出自もわからない人間では面白みがないため、特徴的なヘッドホンを被せることでキャラクター性を増幅させ、見ている側を飽きさせないようにしている。

とはいえ、外音取り込み機能つきヘッドホンが隠されている、という話とは繋がりが見られない。語っているストーリーに一貫性がないのだ。

『牛の角型ヘッドホンをしている人間は、倍率五倍！　とかさ』

男はそう書いてから、にやりと笑った。自分の冗談に満足したらしい。

すると佐々木が、紙に何かを書き始めた。反転して、牛男に見せる。俺にも見えた。

『女性のヘッドホンを奪ったのは、どうしてですか？』

『奪っていない。彼女が自主的に外したんだ』

牛男は筆談に飽きたのか、手帳を胸ポケットにしまった。

そして口の動きだけで、

「よろしくね」

と言って、廊下の奥へと消えてしまった。

俺と佐々木はしばらく動けずに、ソファに座り込んだ。

押さえつけられていた頭の奥が、いつまでも熱を帯びている。無意識のうちに、肩に力が入っていたらしい。意図して深呼吸をした。

吸って吐く。

恐怖と不安と、力を抜く。

さっきは危機的な状況だったのだろうか。たぶん、そうだ。返答を間違えたらヘッドホンを奪われていたと思う。そこを躊躇《ちゅうちょ》する人間じゃない気がする。

ディスプレイでは相変わらず『◆◆◆の美術館の歴史』が流れていた。

ｆｉｎの文字が画面に映る。

暗転。

映像がループし、冒頭が始まる。

ここは、ありとあらゆる時代、ありとあらゆる場所に存在している建物。

俺は、受付の女性が渡してくれたパンフレットをリュックから取り出し、改めて読み直してみた。

美術館から出られないというルールはもちろんないし、それを想起させるような文言もなかった。少しでも関わりがありそうなのは、

——一度出たら、二度と入ることはできない。

というルールくらいか。でもこれだって、閉じ込められているという解釈に繋げることはできない。むしろ逆だ。

自由に出ることはできる。入りなおせないというだけで。

もちろん受付の女性、というか美術館のスタッフを信じているわけじゃない。この建物は普通じゃない。さらに言うなら、

――館内に飾ってある絵をどれでも一枚、自由に持ち帰っていい。

という最後のルールが曲者《くせもの》だ。

意図の見えないルールは、『何々をしてはならない』などの禁止事項よりも、よほど怖いし、たちが悪い。やっぱり俺には、このルールが一番不気味に感じられる。人間性やセンスを測られているような気がするし、人の中にある嫌な部分を刺激するような薄気味悪さがある。

解釈の幅が広い、つまり隙間があると言い換えてもいいだろう。

こういった不可解な隙間がある場合、そこに入り込もうとする人間は、必ずいる。常識と非常識、現実と非現実、明文化されたルールと不文律。その境を都合よく行き来し、綱渡りをするようにして人を騙す人間が。

ルールを制定する存在は恐ろしいけれど。

そのルールを都合よく解釈する人間や、隙間を縫って動く人間も恐ろしかった。こん

な場所であってさえ。こんな場所であるからこそ。自分の流れに巻き込もうとする人間が恐ろしかった。

牛男はどこから『外音取り込み機能つきのヘッドホンが隠されている』という発想に至ったんだろう。

俺の知らない情報を握っているのか。なんの裏付けもないデマなのか。

なんとなくだけど後者な気がする。彼の使っている言葉や理屈は一見（一聴？）すると派手だし、部分部分はキャッチーに感じられるが、全体としての整合性は取れていない。

正直に言って馬鹿らしい。

でも噂が浸透するのに、その内容が馬鹿げているかどうかは関係がない。むしろ少しくらい馬鹿げているほうが人口に膾炙《かいしゃ》しやすいだろう。

一応、今つけているヘッドホンの耳を覆っている部分をタップしてみる。

ノイズキャンセリング機能が止まることも、外音取り込み機能に変わることもなかった。

ただし、牛男の言っていたことで一つだけ気にかかる部分がある。

なぜ、企画展の名称が『ヘッドホン展』なのか、という部分だ。

ここにキャラクター性と賭け事、そして脱出ゲームという視点を絡めて説明したことは、素直に面白いと思った。もちろん信じているわけじゃない。

自分のまったくわからない部分を自信満々に断言してくれる人は、強い。自分の代わりに言語化してくれる人が、今の時代の強者だ。たぶん牛男の言っていることを信じる人間が出てくるだろう。

面倒なことになってきた。

この美術館に未練はない。持ち帰りたい絵も特にない。強いて言うならヘッドホンを持ち帰りたいけれど、そんなルールはないからたぶん無理だろう。

ここまでの体験で、充分、入館料の元は取った。

俺はスケッチブックに、

『変な雰囲気になってきたしさ、帰ろう』

と書いた。それを見た佐々木は、俺の瞳を真正面から覗いた。

しばらくしてから、佐々木が何かを書き始めた。

『私は、絵を絶対に持って帰る』

絶対？

『でもまだ、持って帰る一枚を決めていない。だから残る』

「どうして」

俺は口を動かした。

佐々木は困惑したような表情で、

「どうして?」

同じように繰り返した。

それからボールペンを手に取り、猛烈な勢いで言葉を書いた。

『ここに飾ってある絵は、きっと、私にとって必要なものだから』

意味がわからなかった。

たぶん、考えてもわからない類いの言葉だ。

俺と佐々木は、この美術館に対して決定的に異なる感性を抱いている。俺は飾ってある絵に興味を持てない。面倒ごとに巻き込まれるくらいだったら、さっさと帰ったほうがいい。その程度の熱量だ。

だって、ここに来たのはただの暇つぶしなんだから。

自転車が直るまでの三時間、楽しく過ごせれば良かっただけ、なんだから。

俺には、何かを選び取る、ということの本質がわからない。

『ここに残ってはいけない。どう考えても危ない。帰ろう』

『鰐川には感謝している。でも強制しないで』

強制か。

きっついなあ。

『今この瞬間、この場所で絵を持ち帰れないなら、死んだのと同じ』

『俺にはわからないよ』

『私にだってわからない。自分のことも。君のことも。だから』

その先を、佐々木は書かなかった。

スケッチブックに書かれているその言葉から、視線をそらせない。

佐々木の顔を見ることができない。

時間だけが無為に流れていく。

そっか。

ここが限界なのか。

——佐々木のために残る。それも考えた。でも誰かのためという言葉は苦手だった。

それって結局は、自分のためなんじゃないの？　と考えてしまう。

ここで佐々木を放り出したら寝覚めが悪いから。心配だから。後で何かあったときに『俺が』後悔するから。結局は自分という要素に終始してしまう。

……難しい。

考えたって、どうせ答えは出ない。

安藤だったらこういうとき、

「答えなんて出ないいんだから、一緒にいればいいじゃん。めんどくせぇ」

って言いそうだ。

俺はそこまで吹っ切ることができない。誰かのためと言いつつ、自分のためだって思われたくない。他人にそう看破されたくない。それだけじゃない。俺は危険だとわかっている場所に近づきたくはない。

自分の命が、一番大事だ。

ヘッドホンのバッテリーは有限だし、佐々木にとってはここで迷っている時間も惜しいだろう。

『俺は用事があるから帰るよ。スケッチブックはあげる』

そう書いてから、スケッチブックごと佐々木に渡した。

その瞬間、俺は大事な何かを手放したような気がした。

「ありがとう」

と佐々木は口を動かした。

俺は立ち上がり、近くの非常口へと向かった。

振り返ると、佐々木はソファに座ったまま下を向いていた。視線は合わなかった。最後の最後まで、彼女の声を聞くことはなかったな、なんて思った。

第二章

1

父さんが亡くなってからはずっと、母さんとの二人暮らしだ。

一軒家だから、とても広く感じる。

母さんは、父さんの部屋をそのままの形で残している。そして、父さんが遺《のこ》していったものをときどき手にとって眺めていた。服、ゲーム、ポストカード、カメラ、本、年代物のウイスキーやワイン、スケボー、髭剃《ひげそ》り、時計、靴、細々とした民芸品。

そこにヘッドホンはない。

母さんはポストカードを手に取り、

「これで手紙を出せば、父さんに届くかなあ」

なんて言っていたこともある。

家の近所の洋食店で、シェフとして働いている母さんは、思い出に浸らないようにするためなのか、それとも単純に生活費を稼ぐためなのか、猛烈な勢いで仕事をするようになった。

「ここは海辺の町なのに、魚の値段が高い。おかしい」

と、ぶつくさ文句を言いながら、家でも職場でも魚を捌《さば》いている。

母さんの帰りが遅い日は、俺が夕飯を作る。最近やっと、包丁の使い方がそれなりになってきた。なかなか難しいけれど、慎重にやっているからケガをしたことはない。母さんはちょっと過保護だから、手を切ったら大騒ぎするかもしれない。

野菜、果物、魚——。

まな板の上の魚は、少し怖い。

死んだ魚の瞳は、黒くてペタッとしている。

ギンザメという深海魚の瞳は、緑色に光る。タペタムという、光を反射させる構造物が目の奥にあるからだ。深海で効率よく光を吸収するための機能なんだとか。

◇

緑色の誘導灯が、非常口の上で光っている。

俺は非常口の扉をそっと開けた。

ここは安全だ。

なぜか、そう思った。

さっきまでの奇妙な雰囲気とは違って、妙に現実的な廊下だった。

蛍光灯のせいかもしれない。

中の廊下は、白い蛍光灯がずらりと並んでいる、明るい一本道だ。

順路を進まなくても――あるいは戻らなくても、この扉から受付まで戻ることができるはずだ。看板にはそう書いてあった。

なかなか歩き出すことができない。

佐々木を置いて帰る、という決断が正しかったのか自信が持てない。おそらく正しくはない。この先、後悔することもわかっている。でもその気持ちが全部『自分』に集約しているから嫌なんだ。だから帰るしかないんだ。そう決めたはずだった。でも足取りは重い。この判断こそが自分本位じゃないか？　というループに陥りそうになる。

ときどき立ち止まっては、振り返る。

そのたびに、自分の頭に乗っかっているヘッドホンを触る。

さまざまな噂が頭の中を駆け巡っていく。

ここは死後の世界じゃないか。

ここは迷宮じゃないか。

僕たちは閉じ込められている。

ここで脱出ゲームが行われている。

外音取り込み機能つきのヘッドホンがどこかに隠されている。

どの噂が本当なんだろうか……そう考えてしまったら、思考が狭められている証拠だ。

どの噂も、嘘かもしれない。

シアタールームで見た映像を思い出す。

ここは、言葉の溜まり場である。そこに住んでいる異形の存在が、言葉をかき混ぜるために人間を呼び寄せている。美術館側の情報だし、さすがにこれは本当か？

いや、鵜呑《うの》みにしないほうがいいだろう。

パンフレットに書かれているルールを思い返す。

ヘッドホンを外してはならない。

ヘッドホンのバッテリーが切れる前に、受付に戻ってこなくてはならない。

撮影禁止。ライブ配信禁止。

一度出たら、もう二度と入ることはできない。

館内に飾ってある絵をどれでも一枚、自由に持ち帰っていい。

でも俺は、ヘッドホンをしていない人間を見ている。

何を信じて、どこまで疑えばいいのかわからない。

どうして企画展の名称が『ヘッドホン展』だったのか。それもわかっていない。

謎だらけだ。

……でも。

もう、どうでもいい。

美術館から出られるのなら、何もかもがどうでもいい。

すべてを保留したまま、結論を出さずに現実へと戻ればいい。選択するから辛いんだ。選び取ろうとするから、しんどいんだ。この状況下で、自分の信念だけで行動することはできない。怖い。強いて選ぶのなら『選ばずに帰る』という選択肢だけ。

廊下の奥に、もう一つ扉があった。

扉を開けると、見覚えのある場所に出た。すぐ近くには真ん中の仕切り壁で分けられている廊下がある。つまりこの先は展示コーナーだ。

数分前のことだけど、懐かしい。いや、もう一時間以上は経っているか。もしかしたら二時間以上かもしれない。時間の感覚がわからなかった。

スマホをポケットから取り出した。画面には、ヘッドホンのバッテリー残量が七十五パーセントだと映し出されている。ちょうど四分の一が消費されていた。つまり一時間三十分が過ぎたってことだ。まあ、こんなもんかと思った。

展示コーナーに背を向けて、廊下を辿っていく。

受付へと戻ってくることができた。

来たときと変わらず、女性がピシッとした姿勢で立っていた。彼女は俺を見ると、ヘッドホンを外すように、というジェスチャーをした。

俺は頷いてからヘッドホンに触った。

手が震えている。こんなにも大きなものなのに、なかなか摑めない。

受付の女性を見ると、なんの色も感じられない瞳で俺を見ていた。

俺は一度、深呼吸した。

今度は、ためらう時間を持たせないくらい、一気にヘッドホンを摑み、外した。

「お持ち帰りになる絵は、お決まりになりましたか？」

久しぶりに言葉を、音を聞いた。

鼓膜が震え、脳が驚いているのがわかる。

「俺は、何も持ち帰らないです」

「そうですか」

こころなしか、受付の女性はがっかりしたような表情を見せた。

見間違いかもしれない。

「展示コーナーで、『ここは死後の世界だ』って噂をしている人がいたんですけど」

「そうですか。面白いですね」

女性の声音は、全然面白くなさそうだ。

「『この美術館からは出られない。僕たちは閉じ込められている』って言っている人とも出会ったんですけど、出られますよね」

「出られます。ただし」

「一度出たら、二度と入ることはできない……ですよね」

「その通りです」

「本当に、出られるんですよね」

「そのご質問は無意味です。お試しになればよろしいのでは？」

とりあえず受付の女性は、俺が外に出ることを止めようとはしない。

やっぱり俺には、牛男のほうが嘘を言っているように感じられた。

誰も閉じ込められてはいない。

佐々木のように、持ち帰る絵をまだ決めていなくて、どうしても一枚持ち帰りたいと執着している場合は、出ることはできないとも言える。つまり解釈によっては『自由に出られない』と言えそうだけど……これは言葉遊びの範疇《はんちゅう》だろう。

「外音取り込み機能つきヘッドホンって、どこかに隠されているんですか？」

「いいえ」

もう美術館から出ていくと決めているのに、どうしても噂が気になる。

質問をしてしまう。

「そういえば気絶した女性はどうなりましたか？」

「医務室で手当てをした後、お帰りいただきました。彼女もまた、もう二度とこの美術館に入ることはできません。館内で意識を失った場合は、強制的に退館となります」

彼女がなぜルールを破ったのか、牛男に何を言われたのか訊きたかったけど、帰ってしまったのなら仕方がない。そう思っていたら、

「かっこいい男性に、外しても大丈夫だと言われたから、らしいですよ」

教えてくれた。そんな理由だったのかよ。思えばあの女性は、出会ったときから噂《うわさ》話《ばなし》に振り回されているような印象を受けた。そこを牛男に突かれたのかもしれない。

ペナルティが強制退館というのも、それほど重くないって感じだ。佐々木のような人にとっては困るだろうけど。

受付の女性を見る。

彼女も俺を見返してきた。

ここには時計がない。

木と海の匂いがする。

「巡回の女性と、雰囲気似ていますよね」

「同じような存在ですから」

掘り下げにくい返答をされた。

話題を変える。

「館内の途中に、シアタールームみたいな部屋があるじゃないですか。美術館の歴史を流している部屋」

「はい」

「あの映像って、本当なんですか？」

「本当です」

ある意味、想定通りの回答だ。

「天に唾す。人を呪わば穴二つ掘れ。吐いた言葉は自分自身に返ってくる。なにも道徳的な観点から言っているわけではありません。その人間が吐いた言葉は、その人間の世界観を作り出している。自分からは、どうしたって逃れられない」

言葉とはそういうものなのです、と受付の女性は重々しく言った。

「我々はただ、そのような言葉の循環を、人間単位で行っているに過ぎません」

「あなたたちは何者なんですか？」

「シアタールームの映像を見たのでしょう。『言葉の中に住む者たち』です。それ以上でも、以下でもありません」

妖怪みたいなもんかな。雑な解釈だけど、そう遠くもないだろう。ここまで来て、妖怪やそれに相当する存在なんているはずがない、とは思わなかった。

話題を変えてみる。

「どうして美術館なんですか？」

「今は美術館なだけです」

「……今は？」

「飽きたり、時代が変わったり、あるいは理由なくすべてを創り替えることがあります。たとえば溜まった言葉をぬいぐるみに変えて、クレーンゲーム専門店のようにしていた時代もありますし、食べ物に変えて外食店やカフェにしていた時代もあります」

建物はなんだってよいのです、と受付の女性は続ける。

「ただ、この建物の核――今でしたら展示コーナーに相当する場所に流れを作り出し、来た人に何かを持ち帰っていただけるのでしたら、どんなお店にしても問題ございません」

俺は、佐々木とのお絵描きしりとりを思い返した。

頭の中が言葉でいっぱいだったときに、なんてことのない絵を交互に描いて遊んだ。ただそれだけのことで、混乱が収まっていった。何かを形にするのは、排出と同義なのかもしれない。

「それにしたって、自由に一枚、絵を持ち帰ってもいいというのは怪しいですよ。正直に言って怖いです」

だから俺は、絵を持ち帰らなかったわけだし。

もっとうまいやり方があるんじゃないのか？

「あなた様は『なぜか』お持ち帰りになりませんでしたが、ほとんどのお客様は、自由に一枚、選んでお持ち帰りになります」

なぜか、という言葉を強調された。

「ここは人を惹きつける。そういう場所なのです」

そういえば、佐々木だって目を輝かせて、飾ってある絵を眺めていた。牛男なんていうヤバそうな人間が接触してきたのにも拘《かか》わらず、今も館内に残っている。それほどまでに魅力があるということか。

「どうして持ち帰ってもいいのは一枚だけなんですか？　溜まった言葉を排出したいのなら、もっと持ち帰ってもらったほうがいいじゃないですか」

「二枚以上は毒になります」

「毒？」

「一枚ならば薬になりますから」

まあ……毒と薬は似たようなものだけどさ。納得はしにくい。

でも二枚や三枚、あるいはたくさんの絵を持ち帰ってもいいというルールだと、絵を選ぶ際の真剣みが薄れるような気はする。この美術館を覆っている『不思議さ』というベールが、ある程度はがれてしまうだろう。いや不思議は不思議だけど、どこか怠慢な空気が流れてしまうと思う。そうなったら、選んだ絵は毒にも薬にもならなくなる。ただの憶測だけど、そんな感じはする。

みんな、真剣に絵を選んでいる。

自分だけの一枚を欲している。

この真剣さを感じ取っていながら——いるからこそ、俺は、この美術館に馴染《なじ》むことができない。飾ってあるどの絵もピンとこない。

「我々と人間、双方にメリットがなければ、取引は成り立たないでしょう？」

「それはそうですけど」

薬って、具体的にはどういうことなんだろう。見ているだけで癒《いや》されるとか、元気が出るとか、そういう意味なのか？

「イジワルでこのようなルールを設けたわけじゃないんですね」

「意地悪？」

受付の女性が首を傾げた。

「入館者のセンスを問うようなルールというか、人間の嫌な部分を引き出すようなルールというか……無駄に争いを生むような、こう、うまく説明できないですけど、そんな感じがするんですよ」

「ふむ」

受付の女性は考え込むように宙を見た。

「去年、とある山でキノコが豊作だったらしいです」

いきなり脈絡のないことを言い出した。

俺は黙って続きを促す。

「そしてキノコ目当ての人間が大勢、山へと入り、遭難や滑落などの事故が多発しました。地元の人間は『今年の山には魔物がいる』と言ったそうな」

「……」

「魔物がいるのは、山ではなく人の心では？」

端的な言葉だ。

この美術館で設けられているルール自体に問題はない、と言いたいらしい。それに振り回される人間が悪い。本当にそうか？　もう少し、人の心に波風立たせない書き方があるんじゃないのか？

「小さなトラブルはむしろ歓迎しています。展示コーナーに流れを作り出すことが我々の目的ですから」

そうか。

波風立てることも目的なのか。

「とは言いましても荒事は好みませんし、ある程度、お客様の安全にも気を遣っています。一度でも外に出たら、二度と入ることができない。このルールも人間を守るために生まれました。何度もこの美術館に入れるほど、人間は丈夫ではないのです」

「……」

「我々も、それほど丈夫ではありませんがね。あなたがた人間と同じようにヘッドホンをしなくては、展示コーナーに入れないのですから」

「どうしてヘッドホンなんですか？」

「建物の『がわ』が時代とともに変わるように、建物に入るためのアイテムもまた、時代とともに変わります。正確には、我々が都度都度創り替えます。今はヘッドホンですが、明日には違うアイテムになっているかもしれません。あるいは、より機能が追加されたヘッドホンになっているかもしれません。牛の角型ヘッドホンをしている男の言葉は、なかなか良い線をいっていると言えるでしょう」

現時点ではただの嘘ですけどね――と受付の女性は続けた。

「言葉を遮断するというヘッドホンの象徴性が便利で都合が良かったのですが、そろそろ変え時かもしれません」

この美術館も、持ち帰れるという絵画も、入るために必要なヘッドホンも、すべて代替可能な道具立てに過ぎない。受付の女性はそう言っている。根本にあるのは、溜まっていく言葉であり、そこに流れを生む必要性であり、そのために人間をここに呼んでいる、ということらしい。

この場所とスタッフは、言葉を循環させるための、ある種の自然現象に近いのかもし

れない。その推測を口にすると、

「そうですね。その解釈は当たっていると言えます」

と受付の女性は答えた。

「我々は生命というよりも現象に近い。ですから、心や思い出がないのです」

「心や思い出がない？」

掘り下げたかったけれど、俺の質問に笑顔で返された。

これ以上は踏み込むな、という合図だ。

スタッフでさえも、代替可能な道具立てに過ぎないのかもしれない。そんな風に思った。

この美術館で使用しているさまざまな道具や、採用されているルールは、それまでの歴史によって選択され、創り上げられてきたものだ。それが俺にとっては不可解な形で顕現しているように見えるというだけなんだろう。そして俺の行いもまた、ほんの些細な影響を与え、建物の形やルールの変化に関係していくのかもしれない。

俺は黒いヘッドホンを、机の上に乗せた。

インビジウムでできているヘッドホンだ。

――子どものとき、よくこのヘッドホンをつけて孤高を気取ったりしていたっけ。誰も僕のことをわかってくれない、僕の言葉なんて誰にも届かない、なんてね。今思えば恥ずかしいけれど、同時に、大事な時期だったとも思うよ。

父さんはそう言っていた。

このヘッドホンは、父さんにとって孤独と思春期の象徴だった。

でも俺にとってはそうじゃない。

誰も自分のことをわかってくれないとは思わない。正論も暴論も、いっしょくたになって俺の周囲を取り巻いている。言葉が圧倒的な物量と化し、俺の周囲を埋め尽くしている。ゆえにすべての言葉が等価値であり、だからこそ矛盾に対処できない。選び取る指針がない。

すべてが暴論だったなら——あるいは暴論だと思えたなら、話は簡単だ。でもそうじゃない。素晴らしい意見も、しんどい暴言も、優しい言葉も、きつい罵倒も、そのすべてが同じだけの力と量で迫り、圧《お》し潰《つぶ》してくる。

今の俺には、このヘッドホンが必要だ。

父さんのようにはなれないけれど、父さんの真似《まね》をするしかない。

「絵画はいらないです。その代わり、このヘッドホンを持ち帰ることはできないですか?」

訊いた。

受付の女性は相変わらず、なんの色もない瞳で俺を見た。

「できません」

冷たい一言が返ってきた。

「どうしてですか」

訊いたけれど受付の女性は教えてくれなかった。

それまではいろいろと答えてくれたのに。

受付で渡されるヘッドホンには、何か秘密が隠されているのか？

考えてみれば、この美術館や飾られている絵画に、俺と結びつく要素はない。

でもこのヘッドホンだけは別だ。まるで俺の思い出の中から飛び出してきたようなデザインをしている。

俺はこの美術館に入ったとき、軸が二つあると思った。

その直感はたぶん間違っていない。

一つだけ持ち帰ってもいいという絵画。

展示コーナーへと入るために必要なヘッドホン。

この二つの軸は、違う属性から創り上げられている。でも、ここを掘り下げるような質問をしても、答えてくれそうにない。

仕方がない、質問を変えよう。

「展示コーナーで、ヘッドホンをつけていない男を見かけたんですが……」

これを訊かなくては帰れない。

あなたの見間違いです。そんな人はいません。美術館のスタッフです――俺はそういった言葉を予想していた。

「関わってはいけません」

それが彼女の答えだった。

俺の見間違いなんかじゃない。やっぱりあの男は存在している。

「知っているんですか？」

「あのような人間が、たまに現れるのですよ。外れ値のような人間が」

「外れ値？」

「ある程度の波風は歓迎しております。ですが、限度というものがある」

受付の女性はそれ以上、謎の男について教えてくれなかった。さっきからこれだ。重要なことには答えてくれない。

要なことには答えてくれない。

「どうして企画展の名称が『ヘッドホン展』なんですか？」

「……」

それにも答えてくれない。

さらに話題を変える。

「もう一度、展示コーナーに入ることはできますか？」

「美術館から出ていないのでしたら、展示コーナーへの出入りは自由です」

その言葉を聞き、俺は机上の黒いヘッドホンを見つめた。

この美術館は怪しい。

牛男の言っていたことが鎌首をもたげる。

——集まってくる人間に多種多様なヘッドホンを被せてわかりやすい目印とし、そのうえで争わせる。その様子を一段高いところから観察して悦に入るという趣向なんだよ、これは。もしかしたら、誰が脱出できるか賭け事をしているかもね。

さすがに、ここまで過激な意見に同調はしない。

それにこの意見は『なぜ俺に渡されたヘッドホンが、俺の思い出と結びついているデザインだったのか』という謎の答えにはなっていない。

気持ちの悪いものが喉の奥に引っかかる。

自分一人だったら逃げていた。謎なんてどうでもよく、引っかかりも関係なく、何も選ばず、何も持ち帰らず、ここから脱出していた。少なくとも脱出を試みていた。だって残る理由がないのだから。

──でも。

俺は、まだ帰れない。

やっぱり佐々木を置いて帰ることはできなかった。

「お客様に一つだけお教えしましょう。この建物の中では大抵、自分の吐いた言葉にふさわしい末路を迎えます。そのことを忘れないでください」

なぜか受付の女性はアドバイスをくれた。

机の上のヘッドホンを手に取り、装着した。

音が消える。

受付の女性を見ると、まっすぐに見返してきた。

もう言葉はない。

俺は視線を切って、踵《きびす》を返《かえ》した。

展示コーナーへと続く廊下に、足を踏み入れる。

すると前から、慌てて走ってくるお客さんがいた。その人は俺をちらりと見たけれど、すぐに視線を逸らして通り抜けていった。振り返って、その人の背中を見る。彼は大慌てでヘッドホンを外して、受付の女性になにやら話しかけていた。そして、美術館の入り口を開けて外に出て行った。

やっぱり俺たちは、閉じ込められていない。それがわかった。

さまざまな嘘や噂が蔓延し、何を信じればいいのかわからないときは、言葉を精査するのではなく起こっていることだけを確認していけばいい。目の前の事実だけを積み重ねていけばいい。

もう一度踵を返し、足を踏み出した。

真ん中に仕切り壁のあるところまですぐに戻ってきた。近くには、俺がさっき出てきた非常口がある。さすがに非常口から館内に入るのは気が引ける。

俺はもう一度、展示コーナーの入り口へと飛び込んだ。

コの字形の廊下を曲がって、開けた空間に出る。

一部屋目。

体育館の、半分ほどの大きさの部屋だ。

妙な空気が漂っていた。その空間にいた十人くらいの人たちが、じろじろと俺を見てきたのだ。音のない空間だからなのか、他人の視線が刃のように突き刺さる。そう表現しても大げさにならない肌感覚だ。

すぐ俺に気がついたということは、みな、周囲を見回していたということだ。

最初に入ったときはこんな感じじゃなかった。どのお客さんも熱心に飾ってある絵画を鑑賞していた。そりゃあキョロキョロしている人だっていたけれど、こんなにたくさんの人が俺を見てくるのはおかしい。

しばらくすると、みながそそくさと視線を逸らした。

なんだ？

すると六十代くらいのおじいちゃんが、近くに歩いてきた。頭の上には鼈甲《べっこう》のヘッドホンが乗っかっている。

おじいちゃんが胸ポケットから手帳を取り出した。

『君は、今この美術館に来たばかりかい？』

という言葉を書いて、俺に見せてきた。

俺もスケッチブックを取り出そうとしたけれど、佐々木に渡してしまったことを思い出した。だから首を横に振った。その反応がよくなかった。

展示コーナーの入り口からやってきたのに、今来たばかりじゃない。おじいちゃんは不可解に思ったらしい。

『やはり出られなかったのかい？』

という言葉を見せられた。

やはり？

館内にはすでに、この美術館から出られない、という噂が蔓延しているらしい。少なくともこの部屋の人間は、みな知っていそうだ。

俺が顔を上げると、周囲の人が視線を逸らした。

俺は口の動きだけで、

「出られます」

と伝えた。

するとおじいちゃんは困惑したように眉根をよせた。言葉が伝わらなかったのか？

手帳を貸してくださいと、頼もうか迷った。でもその前に、おじいちゃんが新しい言葉を書き始めた。

『この美術館を一度出たら、二度と入ることはできない。それなのに、どうして出られるってわかる？　試すことはできない』

なんだよ、その理屈。

俺はおじいちゃんから手帳を借りて、返事を書いた。

『出ていく人を見たから』

『信じられん』

手帳を渡し合って、会話を続ける。

『君はなぜ、再び展示コーナーに戻ってきた？』

『忘れものがあるからです』

気取った書き方になってしまった。

今度はこちらから質問しよう。

『美術館から出られないという噂を、どこで聞いたんですか？』

『みなが言っておる。親切に教えてくれる』

おじいちゃんは、さらに言葉を続けて書いた。

『外音取り込み機能つきのヘッドホン。それを見つけられれば、脱出することができるかもしれない。その噂も聞いた』

書いていて、その理屈は変だと思わないのか？

『君も一緒に探してくれないか』

『そんなものを探さなくても、出られるかどうか、自分の足で確認してみればいいじゃないですか。今すぐにだって受付まで戻れますし、話を聞いてくれますよ』

『受付の女性の言っていることが、正しいとは限らん』

噂が正しいとも限らない。

ここで時間を潰している場合じゃない。

『わかりました』

『わかってくれたか。ところで外音取り込み機能とはなんだ?』

付き合っていられない。

俺は手帳を返し、この部屋を飛びだした。

一刻も早く、佐々木を見つけないと。

2

廊下を走った。

ソファの下を覗いている人や、順路を示す看板の裏側を調べている人がいた。外音取り込み機能つきのヘッドホンを探しているのだろう。そういった人たちを横目に、走り抜けた。

次の開けた空間——一段と暗い、青い照明の部屋に飛び込んだ。

さっきの部屋に比べて、輪をかけて妙な空気が漂っていた。

そこら中で人が口論しているのだ。お互いに声は聞こえていないはずなのに、大げさな身振りや手振りを交えて、怒鳴り合っている。いや、本当に怒鳴っているかはわからない。でも口の動きが大きいから、そう見える。

パントマイム的で、シュールだ。

感情だけが乱舞している。

俺は気がつかれないように、地味に壁のすみっこを通りながら歩いた。すると同じように、すみっこをそろりそろりと歩いている人がいた。見覚えのない人だ。

ボクセルアートのような、カクカクした形のヘッドホンをしている。羽織っているシャツのシルエットが大きく、どことなくマントを着ているように見える。前髪をセンターで分けた、爽やかな印象の男だ。たぶん同い年くらいだろう。

その男は俺に気がつくと、ノートを取り出して何かを書き、

『ここは迷宮だって聞いた』

反転して見せてきた。

この噂を聞くのは二度目だ。

俺は首を横に振った。

心の迷宮とか精神の迷宮とか、そういう概念的な意味合いの『迷宮』かと訊かれれば、まあ、そういう部分もあるかもしれない。物理的な迷宮かと問われると違うだろう。迷宮とは一本道であり、かつ中心の概念がある構造物だと聞いたことがある。その定義に照らし合わせても微妙に違う気がする。俺の感覚では、ここに中心はない。飾られている絵画も、入るために必要なヘッドホンも、それをつけている人間も、美術館のスタッ

フも、どれもこれも中心たりえない。等しく価値があり、それでいて代替可能であり、広く満遍なく言葉が覆っている。

ジェスチャーを見た男は、さらに言葉を書き足した。

『ここには怪物がいる』

誰のことを言っている？

『しからば英雄もいるだろう。そう、オレのことだ』

さっきからこんな人ばかりだな、と思った。美術館全体が、こういう空気に毒されてきているのかもしれない。

俺は口だけで「そうか。頑張って」と動かした。

その男は「うむ」と重々しく頷くと、

『オレは機を見て怪物に攻撃をしかける。先に行け』

と書いた言葉を見せてきた。

俺も重々しく頷いてから、その男と別れた。付き合っていられない。

再び、壁際にそって歩き始める。照明が暗いし、みんな口論をしているので、なんなく通り抜けることができた。

廊下に飛び込む。

順路を示す看板、ソファ、トイレ、二つに分かれている通路。

そして『立ち入り禁止』を示す紙の貼ってある看板がある――いや、俺がさっき通ったときには貼ってあったはずの紙が剝がされていた。

看板には『休憩室』と書かれている。

思わず、休憩室があるという廊下の奥に視線を向ける。

ヘッドホンが落ちていた。

遠目からでも、もこもこした素材であることがわかった。

自然と、足がそちらへ向いた。

立ち入り禁止の紙が剝がされているってことは、通ってもいいってことだよな。

お客さんの誰かが剝がした可能性もあるけど、今はそんなことを気にしている場合じゃない。分かれ道を、休憩室のほうへと進んでいく。走りたい。けれど、何か嫌な予感がする。はやる気持ちを抑えて、足音を殺すように歩いた。

近づいてみて安堵した。

落ちていたのは、もこもこした素材ではあったものの、佐々木のつけていたヘッドホンよりも二倍くらい分厚い代物だったし、色もピンクだ。つまり別物である。

一応、手に取ってみた。

いったい誰のものだろう。どうしてこんなところに落ちているんだろう。

まさか噂の、外音取り込み機能つきヘッドホンじゃないだろうな、なんて思った。馬鹿馬鹿しいと思っていても、噂が脳裏をよぎる。

ふと、視線がヘッドホンの先に焦点を合わせた。

木製の、小さなスライドドアがあった。

ドアの上には『休憩室』と彫られているプレートが吊《つ》り下《さ》げられている。

拾ったヘッドホンを左手に、空いた右手でドアのノブを掴んだ。

横にスライドするタイプのドアだ。

ゆっくりと動かす。

片目だけで、中を覗く。

どれくらいの広さの部屋かわからない。展示コーナーや廊下と違って、雰囲気のない蛍光灯の白い明かりが、部屋を均一に照らしている。壁一面には本棚が置かれている。

どうやら自由に読んでも構わないみたいだ。

端っこのソファに誰かが座っていた。

見覚えがある。

大きく足を広げ、投げ出している不遜な座り方。

ワインカラーのジャケットに太めのスラックス。

そしてなによりもヘッドホンをつけていないボサボサした髪。

もちろんイヤホンだってつけていない。

この男は、ルールの外にいる。

長い前髪の奥から、そいつの瞳が柔らかく光っている。

こっちを見ていた。

目が合う。

俺は気圧《けお》されて、後ずさった。

ボサボサ髪の男は、俺に向かって掌《てのひら》を上にあげ、くいくいっと動かすジェスチャーをした。こっちに来い、という意味らしい。

俺が休憩室の外にいるのはバレている。走って逃げたほうがいいか。それとも中に入って、話を訊いたほうがいいか。

どうしてヘッドホンをつけないでも大丈夫なのか、興味がある。

俺は迷ったすえに、扉を開けた。

ボサボサ髪の男はソファに座ったまま、自分の耳に両手を当てて前に動かすジェスチャーをした。ヘッドホンを外せ、ということだろう。いや、外したら駄目だろ。それともこの休憩室の中だけは、外しても問題ないのか？

そう簡単に試せない。

ルールを破るのは怖い。

とりあえず、左手に持っている誰かのヘッドホンを床に置いた。

ボサボサ髪の男は、ずっと俺のことを見ている。彼は温和な表情をしているし、視線も柔らかい。不遜な座り方とは不釣り合いに、醸し出している空気には寛容さが混じっている気がする。いや、寛容さとは違うのか？　とにかく妙な雰囲気だった。

ここが虎穴かどうかわからない。

でも足を踏み入れてしまった。

俺がどうするべきか迷っていると、ボサボサ髪の男が、近くの本棚から一冊、分厚い本を取り出した。それを、なんの躊躇もなく投げつけてきた。

あまりの出来事に、避けることはできなかった。

両腕を前に突き出し、顔を背けた。

首に衝撃。

頭が揺れる。

何かの落ちる音がした。

数秒の間を置いてから、状況を判断する。

痛みはない。

本がぶつかったのは首じゃない。だとするなら、どこだ？　もっとの上の何かにぶつかり、頭が後ろに引っ張られた結果、一番衝撃を受けたのが首だった。たぶんそうだ。

おそるおそる、頭の上に手を伸ばす。

ヘッドホンがついていない。

次の瞬間。

頭の中に数百人、数千人という人間の罵詈《ばり》雑言《ぞうごん》が飛び込んできた。耳元でずうっと怒鳴られているような——それでいて、心の奥底にまで伝わるくらい、冷たいひそひそ声を聞かされているような感じだ。上下左右。距離も音量も関係ない。夥《おびただ》しい言葉のノイズ。一つ一つの、言葉の意味はわからない。もしかしたら日本語ですらないかもしれない。それなのに『嫌な言葉』を聞いたときの、あの感覚——胃の中がせり上がるような焦りや、怒鳴られたときの、あの感覚——恥ずかしくて体中の熱が五℃くらい急上昇するようないたたまれなさ、心臓の鼓動が速まり、それとは逆に背筋は冷えて、重力がなくなったような辛さ。そして何よりも、言葉の密度によって引き起こされる頭痛。

これらの感覚が、いっぺんに襲いかかってきた。

脳みそが、がつんがつんとぶっ叩かれる。

しばらくすると、言葉が外から襲ってくるのか、中から——つまり俺の心から湧き上がってくるのかわからなくなってきた。これらの言葉は、俺の中にもともとあったものなんじゃないか？　そんな風に考えた。

慌てて近くにあったヘッドホンを拾い上げ、つけ直した。

おかしい。

音が消えない。どうしてなんだ。一度でも外してしまったら意味がないのか。やっぱり『外してはならない』というルールを破ったからか。パニックになっている頭の中が、さらにぶっ壊れる。視線をさまよわせて床を見た。俺のヘッドホンが置いてあった。

じゃあ今、頭の上に乗っかっているのはなんだ？

外して、デザインを確認した。さっき拾った、もこもこ素材のヘッドホンだった。つまり休憩室の前に落ちていた他人のものだ。

すぐに自分のヘッドホンを拾って、つけ直した。

きつい感覚が、一気に遠のいていく。

頭の中に静けさが戻ってくる。

数秒が経ち、完全に、元の状態に戻った。

…………助かった。

なんて、安堵している場合ではなかった。

ボサボサ髪の男がいつの間にか、俺の真ん前に立っていた。身長は百九十センチ以上ある。近くで見ると、かなり大きい。

ボサボサ髪の男は、小さく口を動かして、俺に喋り始めた。

『◆◆◆◆◆◆◆◆◆◆◆◆◆◆◆◆◆◆◆◆◆◆◆◆◆◆◆◆◆◆◆◆◆◆◆◆◆◆』

何を言っているのかわからない。

口の動きだけで、読み取ることができないほどの長文だった。かといって、手帳やスケッチブックを取り出して筆談してくれるわけでもない。

ボサボサ髪の男は、静かな動作で俺のヘッドホンに手を伸ばしてきた。

もちろん俺は、その手をはねのけた。

ボサボサ髪の男がもう一度手を伸ばした瞬間、視界の隅で何かが動いた。

休憩室の扉がスライドした動きだった。

その向こう――廊下には、三人の見知らぬ男が立っていた。

3

お互いに目を合わせて固まる。

俺の横に立っていたボサボサ髪が、頭をかいてから彼らのところに近づいていった。

そしていきなり、一番手前に立っている男性のヘッドホンを摑むと、むしり取るように奪った。流れるような動きで、その近くにいた男性二人のヘッドホンも奪う。

瞬殺だ。

三人はうずくまり、懇願するようにボサボサ髪へと手を伸ばした。でもボサボサ髪は意に介さず、三つのヘッドホンを持ったまま、三人をまたいで廊下に出て行った。

後には俺一人が残された。

助かったのか？

事態が急速に動きすぎて、呆然《ぼうぜん》とするしかない。

いやいや、固まっている場合じゃない。

うずくまり、耳を押さえている三人の元にかけよる。三人とも辛そうな顔をしている。さっき、少しでもヘッドホンを外した俺にはわかる。彼らには今、強烈な言葉の波が襲いかかっているはずだ。助けるには、ボサボサ髪からヘッドホンを取り返すしかない。

「待ってて。すぐにヘッドホンを取り返してくる」

聞こえないだろうけど、俺はそう言って走り出そうとした——その足を、うずくまっている一人の男性が摑んだ。転びそうになり、慌てて男性のほうを向いた。

「助けて」

と口が動いている。

助けたい。だからボサボサ髪を追いかけたい。でもそういった理屈が通じないほどの苦痛なのだろう。俺の足を摑んでいる男性の力が、さらに強くなる。「助けて、助けて」という口の動きだけが読み取れる。ふりほどけない。

ボサボサ髪の男が大股で廊下を歩いて行き、角を曲がった。

背中が見えなくなった。

見送るしかなかった。

「僕は、絵を持ち帰りたい……必要。必要なんだ」

俺の足を摑んでいる男性が喋る。その瞳が虚《うつ》ろになっていく。

「どうして……？　なんで……？」

突然、理不尽に見舞われた人の、懇願するような疑問。

一体自分が何をしたというのか。

どうしてこんな目に遭わなければならないのか。

俺はもちろん、その疑問に対する答えを持っていない。

しばらくすると、ふっと俺の足が軽くなった。男性が気絶してしまったのだ。近くにいた、ヘッドホンを奪われた他の男性二人も、すでに気絶していた。

この人たちは、外音取り込み機能つきのヘッドホンを探して、この部屋にやってきたのか、それとも違う理由があったのか、今となってはわからない。気絶してしまったら強制退館だ。

ぽん、と。

いきなり肩に手を置かれた。

体中の神経が反応した——全身の毛が逆立つという経験を初めてした。慌てて振り返ると、巡回の女性が立っていた。新しい絵画を壁にかけていた美術館のスタッフだ。俺の振り返り方に驚いたのか、巡回の女性は真面目な表情のまま体を震わせた。それから彼女は、小首を傾げた。

俺はへなへなとしゃがみ込んでしまった。

気配とは、意識に上らない音なのだと思う。あるいは、ほんの些細な匂いや風の動き、つまり肌の感覚なども気配を形作る一因かもしれないけど、その中でも特段、音というのは大事なのかもしれない。背後に立たれ、肩に手を置かれるまで気がつかないのだから。

もしかしたら巡回の女性がやってくるのをボサボサ髪は察知したのかもしれない。だから俺を見逃して、この部屋から出て行ったのかもしれない、そう思った。

視線をさまよわせ、自分の靴を見る。

床を見る。

近くで気絶している人たちの手が見える。

そんな俺の目の前に、手帳がすっと差し出された。何か書いてある。

『どうしたのですか？』

顔を上げると、巡回の女性が心配したような表情で俺を見ていた。

あれ？

前に見たときと、つけているヘッドホンが違う。

確か、デフォルメされたイルカが、耳を覆う部分についているヘッドホンをしていたはずだ。

今、巡回の女性は、黄色く光るヘッドホンをしている。

この派手なヘッドホンは見覚えがある。

牛男に騙された女性がつけていたものだ。どうして巡回の女性がこれをつけている？

俺は立ち上がり、

「手帳を貸してください」

と、ジェスチャーを交えながら言った。

伝わったのだろう、巡回の女性は手帳をくるりと反転させてから、ペンと一緒に、俺に手渡してくれた。

『そのヘッドホン、さっき気絶した女性がつけていたものですよね』

そう書いて、巡回の女性に見せた。彼女は俺から手帳を受け取ると、言葉を書き始めた。

『目《め》敏《ざと》いですね』

答えになっていない。

追及してみる。

『なぜあなたが、それをつけているんですか？』

『お答えする義務はございません』

手帳を交互に渡し合って、筆談を続ける。

どうやら教えてはくれないらしい。

これ以上追及して、立ち去られては困る。

話題を変えるか。

『ここに、ヘッドホンをしていない男がいました。彼は何者なんですか？』

受付の女性に訊いたときは、「関わってはいけません」と言われた。でも巡回の女性は、視線をふらふらさまよわせてから、ため息をついた。

『彼が何者なのかわかりません。美術館のスタッフではございません。二日ほど前に、一介の客としてこの美術館に現れた、普通の人間であることだけは確かです』

こちらの質問には答えてくれた。

そういえば受付の女性も、彼は人間だって言っていた。

外れ値のような人間だって。

『展示コーナーに入った彼はすぐにヘッドホンを外しました。そして近くの壁に叩きつけて壊してしまったのです』

すっごく迷惑な行為。

ボサボサ髪の男は、渡されたヘッドホンに思い入れがなかったのだろうか。ここは、ヘッドホンに興味のある人間だけが招かれる場所ではないってことか？

『ですが、あの男は何事もなく館内を歩き始めました。この場所に溜まっている言葉を浴びても、何も感じないようなのです』

そんな人間がいるのか？

なんて疑問に思っても仕方がない。現にいるのだ。

『そのうち彼は他のお客様のヘッドホンを奪って回るようになりました。妙なところでバランス感覚があるのか、手当たり次第というわけではなく、なるべく人目につかない場所で少人数を襲っているようです。あの体格とはいえ、囲まれたら無事では済まないと理解しているのでしょう』

ヘッドホンを奪うことに、明確な目的があるのかもしれない。

『私たちスタッフは、彼を排除しようと考えました。しかし彼は、近づいてくるスタッフのヘッドホンを奪って、逆に撃退してしまう始末です。気絶したスタッフが回復するには時間がかかります。受付を除けば、今は私一人しか稼働していない状態です』

激務な気がする。

『あの男は、妙なところで勘が鋭い。記憶力もいい。スタンガンを持っていっても撃退されてしまったくらいです』

『つよい』

『背後から近づいても、なぜか気がつかれてしまうのですよね』

いろいろと厄介な特性を持っているみたいだ。

それにしてもこの美術館のスタッフは、スタンガンを携帯しているのか。今回の騒動を見てもわかるけど、いろいろな人がやってきて、いろいろなことに対処しないといけないのだろう。

一度出たら、二度と入ることができない。

このルールが存在しているおかげで、スタッフ側は相手を気絶させて、放り出してしまえば勝ちなんだ。

制限がなければ困るのは人間のほうだろう。

『それからあの男は、勝手に休憩室を占拠してしまいました。「立ち入り禁止」という張り紙を、休憩室の看板に貼り付けたのも彼です。そうすれば誰も入ってこないと考えたのでしょう』

それはどうなんだろう。

似たような輩が、勝手に入りそうだけど。

『もちろん他のお客様が「立ち入り禁止」の奥へと進むこともありました。そのたびに彼は、入ってきたお客様のヘッドホンを奪って、追い出してしまうのです』

なんてやつだ。

受付の女性が文句を言っていた理由もわかる。

波風を立てるにしても限度がある。でも、他人ってそういうものだとも、思う。

こちらの用意した枠組みや常識なんて、何の意味も持たない。想像を超えた動きをする。想定していないことをする。勝手に動き回る。それが他人なんだ。もちろん他者から見た自分も、そういう存在なのだろう。

『彼の目的はわかりませんが、睡眠も食事も取っていないようですので、そろそろ活動も限界でしょう。気絶したら追い出せます。それまでは、私どもも手が出せません』

ヘッドホンを外しても問題ないとはいえ、さすがに睡眠や食事を超越しているような存在ではないらしい。そういえば彼の目元はかなり柔らかかったけれど、あれはただ単に、眠かっただけなのかもしれない。

『この美術館から出るときって、ヘッドホンを返却しなくてはならないですよね？』

受付では、持って帰ることはできないと言われた。

巡回の女性は頷いた。

『じゃあ、さっきの男にヘッドホンを奪われたまま気絶してしまった場合は、どうなるんですか？』

現に、俺の近くでは、三人の男性が気絶している。

彼らはヘッドホンを持ち去られてしまった。

返すことはできない。

不思議な美術館だからこそ、ルールの隙間が気になる。自分が悪用するためではなく、悪用している人間に対処するために知りたい。

『あの男は、持ち去ったヘッドホンをその辺りに投げ捨てます。私はそれを拾って、気絶したお客様と照合するので、今のところ問題ございません。ちなみに他人のヘッドホンを奪ったり拾ったりして装着しても効果はございませんのでご注意ください』

巡回の女性は、そう書いた。そして俺がさっき間違えて装着した、もこもこ素材の大きなヘッドホンを拾い上げた。彼女はこれを回収しに来たのかもしれない。

その辺に落ちているヘッドホンをつけても、効果はない。

俺は身を以《もっ》てその事実を体験している。

『数ヶ月前のことです。受付で渡されたヘッドホンのバッテリーが切れた後、他人のヘッドホンを奪って、館内に滞在し続けた人間がいました。その人物を追い出してから、お客様が他人のヘッドホンを奪ったり拾ったりしても、効果がないようにわざわざ創り替えました』

どこにでもこういう話はある。

身近な例でいうと、飛行機の国際線にペットボトルを持ち込めないのも、ペットボトルに液体の爆発物を入れてテロを起こそうとした人間がいたからだ。その後からルールが厳しくなった。後は、ドローンもそうか。一人がバカをやったせいで、規制が厳しくなった。あれは時間の問題だったような気もするけど。

今回、ボサボサ髪の男が現れたせいで、館内にまた新しいルールが生まれるかもしれない。そのとき俺はもうこの美術館にいないけど、後の人に迷惑がかかる。

なんだか申し訳なかった。

『「他人のヘッドホンを奪ってはならない」というルールを作ればいいじゃないですか』

『それは明記するまでもない常識でしょう』

いきなり正論をかまされた。

『それに、そのようなルールを定めても無意味です』

『無意味？』

『そのルールを破っても、魔法のような力で強制的に退館させることはできません。スタッフにそのような力はございません。我々にできることは、美術館の特性に合ったルールを提唱することだけです。ときには力ずくで排除を試みることもありますがね』

特性とはたとえば、一度出たら二度と入れない、というものだろう。このルールを利用することはできても、超常的な謎パワーで外に出すことはできないって感じか。追い出すには、力でやるしかない。

基本的な能力は、普通のお客さんとあまり変わらないのかもしれない。本質はあくまでも美術館であり、言い方は悪いがスタッフでさえ館内の付属品のようだ。

ヘッドホンを外してはならない、というルールもたぶん同じだ。外した人間を強制的に退館させることはできないのだろう。ただ、それによって気絶してしまった人間を外へ出すだけ。

たとえばヘッドホンを外しても、気絶するまで三分くらいは猶予がある。その間にヘッドホンをつけ直すことができれば、退館させられずにすむ可能性がある。だってヘッドホンを外した(正確には外された、だけど)俺になんのお咎《とが》めもないのだから。

この推測が正しいのか、巡回の女性に確認するべきだろうか。いや、たぶん訊かないほうがいい。こういうことは明言させないほうがいい。

『どんなルールにも、定めるまでの経緯があります』

不思議な美術館であっても、そうなるに至った歴史がある、と巡回の女性は言っている。

『それでは、私は気絶しているお客様を医務室まで運ばなければなりませんので、失礼いたします』

巡回の女性は、近くの男性を一人、お姫様だっこの形で持ち上げた。

後二人、気絶している。

「手伝いましょうか」

そう口の動きで伝えたけれど、巡回の女性は首を横に振った。こういうことは邪魔しないほうがいいのかな。彼女が『ここはいいから、もう行きなさい』という感じのジェスチャーをしたので、俺はおとなしく従うことにした。

三人を任せて、俺は先に、廊下に出た。

まずはポケットからスマホを取り出して、ヘッドホンのバッテリーを確認する。

残りは十パーセント。

……あれ？

どういうことだ。

少し前に確認したときは、まだ七十五パーセントもあったはずだ。

いくらなんでも、あれから三時間以上経過したとは考えられない。

壊れたのか？

ボサボサ髪の男に重そうな本を投げつけられて、それが直撃したからな。受付に戻れば、新しいヘッドホンと取り替えてもらえるだろうか。いや、壊したということで、なんらかのペナルティがあるかもしれない。

とりあえずバッテリー残量から、あとどれくらいの時間、美術館に滞在できるかを計算してみる。

六時間の一割。

三十六分。

意外と厳しい。

早足で歩く。

元の順路に戻ってきた。

展示コーナーの入り口へと引き返すか。この先に進むか。

答えは決まっている。

ボサボサ髪。牛男。佐々木の三人は、きっとこの先にいる。

牛男だけならまだしも、ボサボサ髪まで動き出してしまった。二人の目的がまったくわからない。

だから佐々木の安全を確認するまでは帰れない。そしてできれば、彼女に絵を持ち帰ってほしいと思う。あくまで『できれば』だ。最優先事項は佐々木の安全だ。

『◆◆◆の美術館の歴史』という映像の流れている部屋まで来た。さすがに、見ている人は誰もいなかった。

幾人か、順路を引き返してくる人とすれ違った。何かから逃げだそうとしているように、必死の形相をしていた。非常口に飛び込む人がいた。俺を見ると立ち止まる人がいた。警戒してくる人もいた。

この先で何かが起こっているのは明白だった。

非常口の扉を横目に、廊下を進んだ。俺はさっき、この非常口から展示コーナーを後にしたのだ。そのときにはまだ、館内は平和だった。それがたったの数十分で、空気が激変した。

少し先にある、曲がり角を見た。

この先はまだ行ったことがない。

どういう光景が広がっているのかわからない。

ためらうことなく廊下を曲がる。

――三つ目の部屋。

今まで通り抜けてきた部屋の中で、一番広く、一番暗かった。

普通の部屋、青い部屋と来て、三番目の部屋は、薄暗い部屋だ。

壁にずらりと絵画が飾ってあるのは同じ。

光源がわからないのに、光っているのも同じ。

ただしこの部屋では、壁、天井の他に、宙に浮くように配置されている絵画があった。

細い糸か何かで吊り下げられているのかもしれないし、謎パワーで浮いているのかもしれない。

それら浮いている絵画が光ることで、夜の町の街灯のように、部屋全体をぼんやりと照らしている。通常ならば、さぞ幻想的な空間だったことだろう。

今現在、部屋の中の空気は、異常だった。

お客さんたちがそれぞれ口論しあっていた。

もはや絵画が見向きもされていなかったのだ。

音がなくても、ギスギスしているのがわかる。

光がなくても、イライラしているのがわかる。

薄暗い中で、不鮮明なシルエットが激しく動いている。

手帳を取り出して筆談している人。ジェスチャーだけでコミュニケーションを取っている人。幾人かまとめて、演説のようなことをしている人（聞こえないのに？）。

さまざまな人が、部屋の中でスポットライトを浴びるようにして浮かび上がっていた。

最初は筆談をしていたのに、その内腹が立ったのかペンを投げ捨て、相手に摑みかかる人が現れた。そして中には、壁に飾ってある絵をベタベタ触って、額縁の裏や壁を確認している人もいた。忍者屋敷《にんじゃやしき》のように廊下があると考えたのかもしれない。

絵が動くたびに、光も揺れる。

もはやモラルが存在しなかった。

ここは不思議な美術館だ。

飾ってある絵は、一枚だけ、自由に持ち帰ってもいい。つまり触っても構わないわけだ。絵に近づくことを禁止している柵やロープだってない。それでも、意味なく絵に触っている人を見るのは不愉快だった。その絵が、誰かにとっての大切な一枚になるかもしれないのに。

この非現実性が、暴力へのハードルを低くしているのかもしれない。

まるで夢の中にいるように、何をしても許されると思ってしまうのかもしれない。

部屋の中の空気が膨張するように、この場にいる人の怒気が膨らんでいく。それがわかった。臨界点はすぐそこだ。そのような人の波の中で、見覚えのある、もこもこ素材のヘッドホンが、ぴょこぴょこ動いていた。

佐々木だ。

4

やっと見つけた。

佐々木は、二人の女性に挟まれて、困ったような表情をしていた。

揉《も》めている男女の、仲裁をしようとしているらしい。

だんだんとヒートアップしていく女性に、ばん、と押し出されているのが見えた。同時に、吊り下げられている絵画を光源とした、光のスポットライトからも押し出された。佐々木のシルエットが不鮮明になる。

駆け寄りたかったけど、この部屋で走るのは得策じゃない。あまり人目につかないほうがいいだろう。俺は静かに壁際を移動して、佐々木に近づいた。そして、尻もちをついている彼女に手を差し出した。ぱっと視線を上げた佐々木は、俺を見ると固まった。どうしてここに？　という表情だ。

「心配だったから」

と口を動かしたけれど、伝わったかはわからない。佐々木はなんの反応も示さず、俺の右手を摑んだので、ゆっくりと引っ張り上げた。

立ち上がった佐々木は、斜めがけのバッグの中からスケッチブックだけを取りだして、俺に渡してきた。

「返す」

と口が動いた。

必要だったので、俺は素直に受け取った。ペンと下敷き、スケッチブックから破った数枚の紙はまだ必要だと思うので、貸したままにした。俺はリュックからペンを取り出し、言葉を書く。

『俺がいない間に、一体何があった？』

だいたいの想像はつくけれど。

『その前に、私も訊きたい。あなたがここにいるってことは、やっぱり美術館から出られなかったの？』

『出られる。たぶん』

『たぶん？』

『試していないから確実なことは言えない。でも出て行く人は見た』

『鰐川は、どうして出なかったの？』

佐々木が心配だったから戻ってきた。とは書けない。

俺が困惑している空気を感じ取ったのか、

『じゃあやっぱり、牛男の言っていることは嘘なんだね』

佐々木が話題を変えてくれた。

『嘘だ』

少なくとも、閉じ込められているという部分は、完全に嘘だ。

『牛男はいろいろな人に話しかけて噂を浸透させていった。彼はアジテーターだよ』

佐々木はそう書いた。

アジテーター。

扇動者。

『他の瑣末《さまつ》な噂を取り込み、駆逐するような形で、彼は自身の噂を広めた。もともと彼の言っていることは矛盾が多く、統一性がなかった。そのことがむしろ、他の噂を取り込むのに役立ったんだと思う。この美術館にいる人のほとんどが、牛男の言っているこ とを信じた。いや、信じていない人もいるだろうけど、結果として彼の言葉に巻き込まれた。噂の中心には牛男がいる。彼の言っていることが正しいのか正しくないのか、それを軸にして揉め始めた』

中には、俺と同じように牛男が怪しいと看破した人もいるだろう。見破ったところで関係ないのだ。信じてしまった人がいる。怪しいと思う人がいる。渦はどんどん拡大していく。

でもこの空間は、閉鎖されているわけじゃない。

巻き込まれない方法は簡単だ。

『どうして誰も出ようとしない？』

『そう考える人もいた。賢い人はみんな逃げたんだと思う』

俺だって、佐々木がいなかったら逃げていた。

自分が賢いと言いたいわけじゃないけど。

『残った人たちは、たぶんまだ持ち帰る絵を決めていない。だから牛男の言っていることを信じようが信じまいが、渦に巻き込まれちゃう』

そして佐々木は――。

『私もそう』

と書き足した。

次の瞬間。

聞こえるはずのない音が聞こえた。

空気が、空間が、それまでかろうじて堰《せ》き止《と》められていたダムが決壊した音だった。

それは俺の頭の中だけで鳴ったのかもしれないし、実際に、集まった人の感情が空気を震わせたのかもしれない。

部屋の中の怒気が臨界点を迎えた。

殴り合いを始める人が現れたのだ。

事態は、加速度的に悪化していく。

殴り合いはあっという間に、ヘッドホンの奪い合いにまで発展した。

相手の装着しているヘッドホンが、外音取り込み機能つきのヘッドホンかもしれない。そうでなくとも、うっとうしいから奪ってしまえ。噂なんて知ったことか。暴れられればそれでいい。そう考える人たちが現れたのだ。そういう人たちは、もともとそういう指向性を持っていたのか、それともこの環境下でストレスに耐えきれずにそうなっただけなのか。

なによりも、連携を謳《うた》っていたはずの噂をもとにして、人々は奪い合いを始めた。それが皮肉だった。

殴り合いに奪い合いと、たくさんの手が動いていた。いや、もはや蠢《うごめ》いていると表現すべき躍動感だ。両手にこそ人間の意識が宿っているんじゃないかと思うほど、乱暴に、そして自由自在に、そこら中で手が躍っている。

いきなり他人の手が俺のヘッドホンを掴んだ。

慌ててその手を振りほどいた。手が伸びてきたほうを見ると、知らない女性が立って、何かを叫んでいた。

「あんたのヘッドホン、ちょっと貸してよ。噂のヘッドホンかもしれないじゃん」

というようなことを言っている、と直感した。違うかもしれないけど、俺のヘッドホンを奪おうとしていることだけはわかった。冗談じゃない。

俺と佐々木は二人で走り出し、この場を離れた。

女性は追ってこなかった。

部屋の隅で息を整えていると、近くに誰かがやってきた。

赤いカーディガンにセーラー服、そして貝殻型ヘッドホンをしている女の子だ。

警戒している俺と佐々木を素通りして、こんな状況でも、絵画の鑑賞を始めた。彼女の周囲の空気だけ、凪《な》いでいるかのようだ。

どこかで突き飛ばされたであろう男性が、貝殻型ヘッドホン女子の近くに倒れ込んだ。彼女はそれを避けた。そして何事もなかったかのように鑑賞を続けた。どこまでいっても自分のペースを崩さない、巻き込まれない、そんな人がいるのか。

赤い光が深海まで届かないように、彼女の着ている赤いカーディガンは、この場において人の目に映りにくいのかもしれない。そんな風に思った。

俺と佐々木の視線を意に介さず、彼女はこの部屋を出て行った。最後までゆったりとした空気を纏い続けていた。

俺はようやく、視線を部屋の中央に戻すことができた。

一転、地獄のような絵面になっていた。

あちこちで人々が殴り合っている。ヘッドホンを奪い合っている。空気の振動は聴覚に届かない。でも体全体にぶつかってくる。

奇妙な熱気が館内を包み込んでいくのがわかる。

さすがにもう限界だ。

「逃げよう！」

俺は叫んだ。もちろん佐々木には聞こえていないだろう。でも何を言っているかはわかるはずだ。佐々木は首を横に振った。

俺はどうすればいいのかわからず、その場に立ち尽くした。

周りでは、静かな喧噪《けんそう》が渦を巻いていた。

その渦の中を、ゆうゆうと歩いてくる人影がいた。

——牛の角型ヘッドホンをしている男。

俺と目が合う。

こいつが噂の元凶だ。

牛男はニヤリと笑った。彼が歩くと、周りの渦が大きくなった。でも、どれだけ周囲が揉めていても、不思議と彼をターゲットにしようとする人は現れなかった。殴り合っている人、実際に殴り飛ばされている人、他人に摑みかかっている人、ケンカを止めようとしている人、それらすべての暴力が彼を避けた。モーセのようであり台風の目のようだった。この場すべてが彼に支配されていた。

そんな牛男が俺を見ている。

近づいてくる。

巨大な渦が俺を飲み込もうとしている。

息をのみ、一歩後ずさった。背中に、吊り下げられている絵画がぶつかった。焦った俺は、少しバランスを崩してたたらを踏んだ。

牛男が馬鹿にするように笑った。声が聞こえるはずないのに、俺の耳の奥に牛男の下卑た笑い声がへばりついた。頭を振ってその声を払いのける。

隣に立っている佐々木が、震える人差し指で、牛男を示した。

なんだ？　なんのジェスチャーなんだ？

俺は、佐々木の指先が示している空間を視線で追う。

牛男じゃない。その背後だ。

誰かが立っている。

ぬらりと、まるで影のように。

牛男よりも身長の大きな男が立っている。そいつはガタイがよく、それでいてどこか気怠《けだる》そうな雰囲気のシルエットをしている。

ボサボサ髪の男——ヘッドホンをしていない謎の人物。

そいつが、牛男を見下ろしている。

誰も彼に気がつかない。牛男でさえも。

ボサボサ髪の男がおもむろに手を伸ばす。

牛の角型ヘッドホンがむしり取られた。

第四章

1

これは後から聞いた話だ。

俺は帰る前に、受付の女性と話す時間があった。

「牛の角型ヘッドホンをした男性って目的はなんだったんですか？」

「ああ、彼ですか。退館させる前に事情を訊きました」

スタッフは牛男のことを気にしていたらしい。

館内のお客様を妙な噂で扇動しようとした。そのすべての動きをスタッフは把握していたと、彼女は語った。もう少し派手な動きを続けていたら、強制的にご退館いただいたとも。つまりは、その程度の危険度だったらしい。

そんな牛男の目的は——。

「いろいろと仰《おっしゃ》っていましたが、まとめるのならば、特にない、ということになります」

「……どういう意味ですか？」

「そのままの意味です。非現実的な美術館にやってきた。動画配信はできない。撮影もできない。それならばせめて後々のネタになるようなことはしておきたい。みな、お行儀よく絵画を鑑賞しているけれど、ちょっと引っかき回してやろう。人から注目されるような問題が起きたら儲け物《もうけもの》。どうせなら、この不思議な美術館の正体を暴いてやろう。そのほうが面白い。人生はコンテンツだ。知名度はお金だ……と、いうようなことを仰っていました」

なるほど。

つまり、特にないのか。

──その人間が吐いた言葉は、その人間の世界観を作り出している。自分からは、どうしたって逃れられない

牛男は、その口から発せられた言葉にふさわしい末路を迎えた。

ただそれだけのことだった。

◇

責任を取るべき人間が、責任を取らずに退場したらどうなるか。

俺は身を以て、その状況を知ることとなる。

牛の角型ヘッドホンを奪われた男性は、当然のように気絶した。

さっきまで悠々と歩き、噂の中心に位置し、好きなように渦を作り上げ、他人を扇動し、何かをしようと企《たくら》んでいた男はあっけなく気絶してしまったのだ。

事態が変わることはなかった。

むしろ館内の暴動を止められたのは彼だけだったかもしれないのに、その、たった一人の扇動者がいなくなってしまった。牛男は渦の中心にいると思い込んでいただけで、とっくに事態は彼の手を離れていたのかもしれない。やはり彼は、怪物ではなかったのだ。

そんな牛男と入れ替わるようにして——より奇妙な男が一人、舞台の上に立った。

ボサボサ髪の男。

長い前髪の奥にある柔らかな瞳が、俺と佐々木を捉えた。

これだけ多くの人がいる中で、なぜか俺たちを見たのだ。そこに何らかの基準があるのか、それとも完全なランダムで俺たちに目をつけたのか。

ボサボサ髪の男は大股で、こっちに向かって走り出した。

佐々木が俺の袖を強く引っ張った。

「逃げよう」

と彼女の口が動いた。

さすがの佐々木も、逃げの一手だった。

二人で、ボサボサ髪の男に背を向けて走り出そうとした——まさにその瞬間、俺たちの前に人が吹っ飛んできた。他の誰かに殴られ、突き飛ばされた人だった。俺は、その人を受け止めずによけた。ごめん、今は他人を心配していられる状況じゃない。すると今度は、知らない人間の手が横から伸びてきて、俺のヘッドホンを摑んだ。もちろん振り払う。

人の壁が行く手を邪魔する。

吊り下げられ、宙に浮いている絵画も、今は邪魔だった。

描かれている絵が嗤《わら》っていた。醜い争いをしている人間たちを、額縁の向こう側から嘲笑っていた。そんな気分にさせられた。

まともに進むことができない。

こんなことをやっていたら、追いつかれるのは当然だ。

ボサボサ髪の男が、俺と佐々木の前に立ちはだかった。

相変わらず、前髪の隙間から柔らかな瞳が覗いている。どういう感情なのかわからない。どうして彼は他人のヘッドホンを奪うんだろう。

筆談を試みるために、スケッチブックを取り出した。でもボサボサ髪の男は、こっちの行動なんてお構いなしに、いきなり力ずくで俺と佐々木のヘッドホンを摑んできた。

相手の身長は百九十センチ以上もある。体格ではまず勝負にならない。相手は左右、それぞれの手で俺と佐々木のヘッドホンを摑んでいる。俺の両手と、相手の片手でも勝負にならなかった。とんでもない怪力だ。

近づかれてしまった時点で負けだったのだ。

それでも俺は、体をムリヤリ捻って、なんとかボサボサ髪の男の手をふりほどいた。ムチャクチャに動いたから、背中から地面に、落下するように転んだ。ヘルメットの入っているリュックを背負っていたおかげで無事だった。

すぐに立ち上がろうとし——その俺の横に、誰かが倒れてきた。

佐々木だった。

頭の上に、ヘッドホンがついていない。

すぐに視線を上げた。

もこもこ素材の白いヘッドホンを摑んだボサボサ髪の男が、黙って俺たちを見下ろしていた。そして彼は、右手をぶらぶらさせながら、

「◆◆◆◆」

何かを呟いた後、こっちに近づいてきた。

そんなボサボサ髪の男の後ろで、何かが翻った。

最初はマントだと思った。少し遅れて、大きめのシルエットをしているシャツだとわ

かった。

まるでヒーローが登場したかのように、華麗に、柔らかくそいつは現れた。

風を纏う男。彼はボクセルアートのようなデザインのヘッドホンをしている。

見覚えがある。ここは迷宮であり、怪物がいる。そして自分こそが英雄なんだと書いていた男だ。そんな彼がボサボサ髪の背後を取った。彼の言う怪物とは、ボサボサ髪のことだったのか、それともまったく違う理由からここにいるのか、それはわからない。

今ここが乾坤一擲《けんこんいってき》、最大のチャンスだと思ったのだろうか。

まるでさっきの、牛男が倒れたときの再現を見ているようだ。

ただし、違う部分が二点ある。

まず一点。ボサボサ髪の男はヘッドホンをしていない。つまり明確な勝利条件がなく、強いて言うなら直接的な暴力で気絶させるしかない。自称英雄は、今この瞬間になって、ボサボサ髪がヘッドホンをつけていないことに気がついたのだろう、伸ばしかけていた右手を止めて、困惑した表情でボサボサ髪を見た。

そして二点目がより重要だった。

背後を取られたはずのボサボサ髪が、すぐに振り返り、自称英雄に対して迎撃態勢を取ったのだ。右手が蛇のように伸び、止まっている自称英雄の右手と交差した。

勝ったのはボサボサ髪だ。ボクセルアートのようなヘッドホンが、あっけなく奪い取られてしまった。

自称英雄が膝をつき、耳を押さえてうずくまってしまう。

巡回の女性が言っていたことを思い出す。

——あの男は、妙なところで勘が鋭い。記憶力もいい。スタンガンを持っていっても撃退されてしまったくらいです。背後から近づいても、なぜか気がつかれてしまうのですよね。

最初からボサボサ髪に隙なんてものはなく、自称英雄は敗れた。

ボサボサ髪は他に、自分への襲撃がないかあたりを注意深く見回してから、影のようにひっそりと廊下へ進んだ。佐々木と自称英雄のヘッドホンを持ったまま、この部屋から出て行ってしまったのだ。

結果的に俺は助かった。

でも佐々木のヘッドホンは奪われたままだ。

すぐに追わなくてはならない——走り出そうとした俺の袖を、佐々木が掴んだ。無意識の行動らしかった。彼女の口は呻《うめ》くように、

「助けて」

と動いている。

今すぐ追いかけても、そして運良く佐々木のヘッドホンを取り返すことができても、たぶん間に合わない。

佐々木はまだ、持ち帰る絵を決めていない。このまま気絶させるわけにはいかない。どうすればいい。何か……何か俺にできることはないか。

袖を引っ張る力が強くなる。

佐々木の額に汗が滲《にじ》む。

体をくの字に折り曲げて、痛みに耐えている。

「私は……まだ……嫌だ。嫌だよ」

何もできない。見ていることしかできない。ただひたすら、立ち尽くすことしかできない。頭の中が動いてくれない。それでも渦だけは勢いよく回転している。

「助けて。お父さん。お母さん――」

そして佐々木は、虚ろな目で俺を見て、

「お兄ちゃん」

と言った。

いったい誰と見間違えたのだろう。

俺は、とっさに自分のヘッドホンを外して、佐々木の頭に被せた。

意味がないことはわかっていた。

祈ることしかできない、長く短い時間が過ぎた後。

佐々木の、固く握られていた拳が解《ほど》けていった。

荒い息が穏やかになり、呼吸が安定していった。

どうやら気絶はしていないようだ。

佐々木の顔色が、目に見えてよくなっていく。

苦悶の表情だった彼女の瞳に、色が戻ってきたのだ。

解けていた手で、俺の袖をもう一度摑んだ後、目をまん丸に見開き、不思議そうな顔でこっちを見た。彼女は俺の頭の上を見てから眉をひそめ、その後、ペタペタと自分の頭の上のヘッドホンを触った。

もこもこしていないことに気がついたらしい。

佐々木は、慌てた様子で何かの言葉を口にした。

『◆◆◆』

読み取ることはできなかった。

安堵して緊張が解けたのは、俺も同じだ。そして時間差で、俺の頭に強烈な言葉が襲いかかってきたのだ。その言葉群によって、佐々木の言葉が塗りつぶされてしまった。

ありとあらゆる言葉の波が、脳内に響き渡る。近くで怒鳴られているような、少し離れたところでひそひそ悪口を言われているような、まったく知らないところでバカにされているような、そういった怨嗟《えんさ》の言葉を同時に、脳内に直接叩き込まれるようだ。いや、違う。やっぱりこれらの言葉は、俺の中から湧き上がってくる。

近くに、誰かのヘッドホンが落ちていた。縋るようにそのヘッドホンを手にとり、頭につけた。でも言葉は、いっこうに消えてくれない。ノイズキャンセリング機能が働いてくれない。他人のヘッドホンは使えない。

意味がないからすぐに外してしまった。

頭が痛い。

割れるように痛い。

耳をふさいでも意味はない。

心臓が、背骨が、体中がおかしい。

血液が止まっているように感じるくらい、寒い。

頭の中が冷たくなっていく。

どうして俺のヘッドホンで、佐々木はノイズを消すことができたんだろう。まあ、別にどうでもいいか。このまま倒れても問題ない。だって俺には、持ち帰りたい絵なんてないのだから。

視界が狭まる。

たくさんの音が、俺の周囲で渦を巻く。

対流が起こっている。

ここは死後の世界じゃないか。ここは迷宮じゃないか。僕たちは閉じ込められている。ここで脱出ゲームが行われている。外音取り込み機能つきのヘッドホンがどこかに隠されている。ヘッドホンを外してはならない。ヘッドホンのバッテリーが切れる前に、受付に戻ってこなくてはならない。撮影禁止。ライブ配信禁止。一度出たら、もう二度と入ることはできない。館内に飾ってある絵をどれでも一枚、自由に持ち帰っていい。遺伝がすべて。環境がすべて。親の年収や職業、または都内に住んでいるか否か。文化資本。シングルマザー。片親。アイデンティティの確立。自己肯定感。自分を信じる、信じない。愛する、愛さない。そんなことはどうでもいい、どうでもよくない。

頭の中を埋め尽くしている言葉が一つ一つ浮上していく。

逆だ。

俺のほうが沈んでいる。

意識が消える前兆だとわかった。

音が遠のく。

どこまでも沈んで。

沈んで沈んで。

接地した。

ここはどこだ？

あやふやな景色が、徐々に輪郭を形作っていく。

目の前には巨大なスクリーンがあった。

キマイラファンタズマ6が上映されている。

もうエンディングだった。

スタッフの名前が下から上へとスクロールされている。

いつの間にか、俺は映画館の座席に座っていた。

視線をゆっくりと左に向ける。

母さんが座っている。

そして右隣に座っていたのは――。

「お父さん！」

俺が言うと、父さんは自分の口に人差し指を当てた。

ここは映画館だから静かにしろ、というジェスチャーらしい。俺は慌てて自分の口を押さえた。それから黙って三人でスクリーンを見る。

スタッフロールが終わり、映画館の明かりがついた。

「お父さん」

もう一度呼ぶと、父さんがこちらを見た。

昔と変わらない顔。

記憶の中そのままの柔和な表情。

「えっとさ。あの……」

何を言おうか、迷った。

でも逡巡《しゅんじゅん》は一瞬だった。

今ここで発するべき言葉は、自然に口から出てきた。

「ヘッドホン、要らないよって言ったじゃん」

父さんは黙ってこちらを見つめている。

「あれ、嘘だから」

言った。

父さんはにっこり笑って、俺の頭を撫でた。

「いつか俺にちょうだいね」

その願いが叶《かな》わないことを知っているけれど、それでも俺は言った。

そうか。

これか。

この言葉が、ずっと引っかかっていたのか。

この言葉を直視したくなかったから、余計な言葉で頭の中を埋め尽くしていたのか。

こんなにちっぽけで些細な言葉が、俺の迷いを創り出している核だったのか。

本物のヘッドホンは粉々に砕けてしまった。それはわかっている。今俺が見ているものは幻だ。それもわかっている。これで父さんに許されたとか、許されないとか、そういう話ではない。自分が救われたとか、救われないとか、そういう話でもない。トラウマの解消でもなく、アイデンティティの確立でもない。そんな言葉に還元してしまうことはできない。

父さんが俺に伝えたかったことはわからない。

でも、俺が父さんに言いたかった言葉は見つかった。

それだけのことで。

今は、それがすべてだ。

「ありがとう」

俺がそう言うと、ブザーが鳴った。

次の映画が始まるらしい。

再び映画館の明かりが消える。

周囲の景色が溶けていく。

父さんと母さんが闇に沈んでいく。

俺は、最後の最後に自分の言葉を見つけた。このまま気絶してしまってもいいと思った。安らかで、なんの心配もなくて、この経験が夢であっても、覚めたときには自分の中のもやもやがすべて解消されている。そんな気がする。

だから、もういい。

そのまま意識の手綱を放そうとして——いや、待てよと思い直した。

余計な言葉がない分、思考がクリアになっていく。

気絶した人間のヘッドホンは、巡回の女性が回収する。

俺がこのまま気絶してしまった場合、巡回の女性は、佐々木の頭に乗っかっている俺のヘッドホンをムリヤリ回収してしまうのだろうか。

そんなことはしない——とは言い切れない。

美術館のスタッフは、敵ではないけれど味方でもない。利害の一致が重要であり、そこに優しさや情のようなものは含まれていない。

希望的観測で動くことはできない。

まだだ。

まだ目的は達成されていない。

佐々木のために、気絶するわけにはいかない。

俺の苦手な言葉である『誰かのために』という表現に頼るときが来るなんて、思いもしなかった。

苦手でもなんでもいい。偽善でもいい。誰かのために、ということが本当は嘘でもいい。佐々木のためを考えている自分のためとか、結局は佐々木に良い顔をして、モテたいだけのクズなんだとか、そこまで考えてもいい。自己嫌悪に浸ってもいい。どんな言葉を、どんな風に使ってもいい。自分のためでも他人のためでも、どっちでもいい。現状、言葉は問題じゃない。

目的はたった一つ。

俺は今、絶対に気絶するわけにはいかない。どんな言い訳を自分自身に与えたとしても、それで前に進めるのなら構わない。そう決めた。

父さんもこんな気持ちだったのかな。

ふと、そう思った。

俺は、ボサボサ髪の男がヘッドホンをつけないで歩いているところを見ている。彼は普通の人間でありながら、言葉に圧し潰されていない。彼にできるのなら、俺にだってできるはずだ。できると信じて、浮上するしかない。

真っ暗闇だった視界の中央に、光がさした。

その光が徐々に大きくなっていく。

頭の中に隙間ができ、体の中の骨も開いていく。

呼吸ができる。空気が肺の中にしっかりと入って、血液が循環する。

目の前に、心配そうな表情をしている佐々木がいた。俺は彼女を安心させるように、ゆっくりと頷いた。

「大丈夫なの？」

佐々木の言葉が、耳に届いた。

声が聞こえた。

ただそれだけのことで、頭の中が楽になるようだった。実際、さっきまで頭の中に響いていた言葉が消えている。

佐々木の声は、想像よりも低めで、想像よりも透きとおっていた。

「大丈夫」

こっちの声は聞こえないだろうから、口を大きく動かして伝えた。

そう、なんとか大丈夫だ。

前に進める。

佐々木は自分の頭の上に乗っかっている俺のヘッドホンをペタペタと触った。何度も何度も、その形を確かめるように触った。それから俺に視線を移し、

「ありがとう」

と言った。それから照れたように下を向く。

なんだか俺まで恥ずかしくなってくる。空気を変えるようにスケッチブックを取り出した。

『今、俺はなぜか無事でいられるけど、いつ言葉の波が襲ってくるかわからない。だからどうしても、佐々木のヘッドホンを取り戻す必要がある』

佐々木が頷いた。

俺はスマホを取り出して、ヘッドホンのバッテリー残量を確認した。

五パーセント。

残り時間は十八分しかない。

スマホの画面を佐々木に見せてから、スケッチブックに言葉を書く。

『ヘッドホンを落としたことで、壊れたみたいでさ。バッテリー残量がかなり少ないんだ。長居はできない』

佐々木が頷く。

『今すぐにでも持ち帰りたい絵を選んでくれれば、ヘッドホンを取り戻す必要はなくなる。さっさと非常口から受付に戻って、美術館から出ればいい』

ここで佐々木が、自分の持っている紙に言葉を書き始めた。

『でも美術館から出るには、ヘッドホンを返却する必要があるよね。私は、どうしたってあいつから、私のヘッドホンを取り返さなきゃいけない』

あ、そっか。

でもボサボサ髪の男は、他人から奪ったヘッドホンをその辺に投げ捨てる。対決しなくても、運よく拾えればそれでいい。いずれにせよ後を追う必要がある。

そういえば、佐々木はもう紙に言葉を書く必要がない。

『今の俺はヘッドホンをしていないから、声が聞こえる。佐々木は喋ってくれ』

そう伝えると、佐々木が頷いた。

あたりを見回すと、自称英雄が気絶していた。どうして俺は無事だったのか、やっぱりわからない。でも今は考えている場合じゃない。

俺と佐々木は走り出した。

走りながらも周囲を観察する。

ヘッドホンが落ちていれば確認しなくてはならない。

誰かが倒れていたら「ごめん、今は手を貸せない」と心の中で謝って、通り抜ける。

三つ目の部屋を出て、順路が示す通り、一本道の廊下を進む。

ソファがある。トイレがある。非常口がある。

ここでも、噂を信じているのか、外音取り込み機能つきのヘッドホンを探している人たちがいる。ソファの下を覗いたり、非常口のランプの上を手で探ったり。

俺の頭を見て、ぎょっとする人がいる。立ちふさがって事情を訊こうとする人がいる。

その横をすり抜ける。同じようにヘッドホンを外してみようとする人がいる。やっぱり無理だと、すぐにつけ直しているのを横目で見ながら、廊下を走り抜ける。

振り返ると、後を追ってくる人たちがいた。

ヘッドホンをしていない俺に、訊きたいことでもあるんだろうか。

会話をしている時間はない。

俺と佐々木は、構わずに走った。

廊下を曲がる。

四つ目の、開けた空間に出た。

雪が降っていた。

たぶん雪だ。いや、雪なのか？

ぼんやりと光っているし、雪ではないのかもしれない。

足元の感触が変わる。

砂だ。

いや、これだって、本当に砂なのかはわからない。さらさらしている砂っぽい何かが、床一面に敷き詰められているとしか表現できない。

絵画は一部屋目と同じく、四方の壁にしか飾られていなかった。

空白になっている部屋の真ん中に、巨大な鯨の骨が置いてある。

絵画じゃないけど、あれも展示物なのか？

展示用に吊り下げられているわけじゃなく、無造作に置かれているだけ、といった感じだ。それこそ死んだ鯨が上から落ちてきて、その途中でさまざまな魚やプランクトンに肉を食い尽くされ、骨になり、朽ち果て、この場所にゆっくりと着地したようだった。

その、鯨の骨の前に、ボサボサ髪の男が立っていた。彼はまだ、佐々木のもこもこヘッドホンを右手に持っていた。あれを取り返すことができれば、目的達成なのだけど。

ボサボサ髪の男は、俺と佐々木が部屋に入ってきたのに気がついた。

微細な風の動きで察知したのだろうか。

「君、ヘッドホンをつけていないね」

どうやら俺に話しかけているらしい。

瞳と同じく、柔らかなイメージの声音だ。

そんなボサボサ髪の男が無防備に近づいてくる。右手で掴んでいる佐々木のヘッドホンをぷらぷらさせながら、怠《だる》そうに歩く。

そしてなぜか、そのまま俺と佐々木の横を通り過ぎた。

振り返ると、俺と佐々木を追いかけてきた人たちがいた。事態をのみ込めていない彼らの前に、ボサボサ髪の男は立った。そして彼らのヘッドホンを軽々と奪い、投げ捨てた。そのときついでに、佐々木のヘッドホンもぽいっと捨てた。

これはチャンスだ。

でもうかつに動くことはできない。

ボサボサ髪の男は、うずくまっている人たちをジッと見下ろしている。三分ほどが経ち、みな気絶していった。

「やっぱり気絶するよね。でも君はしない」

ボサボサ髪の男が言う。

そしてもう一度、俺の頭を見てきた。

「やっと同類を見つけた」

「同類？」

俺は言葉を返した。

「お、喋れる。初対面だよね」

ボサボサ髪の男が嬉しそうに言った。

俺のことを覚えていないらしい。

「ねえ、変だと思うよね。誰も彼もがヘッドホンをつけてさ。唯々諾々とルールに従うなんて頭おかしいよね。気持ちの悪い光景だよね」

予想外というか。

ある意味、予想通りというか。

「この美術館に来る人たちはみんなイカレているよ。感覚の遮断を強要されているのに、誰も異を唱えないんだから。普通に外して、普通に喋ればいいのに」

なんとも言えないことを喋り始めた。

「最初は親切心から、他の人のヘッドホンを外してあげたんだ。でも、そうしたら気絶してしまうじゃないか。これじゃあ現実と同じだ」

現実と同じ？

俺が疑問を口にするまでもなくボサボサ髪は喋る。

「自分の聞きたいことだけを聞き、見たいものだけを見る。外の世界の言葉は意味を持たず、ただ自分の言葉を頭の中で反響させるだけ。それが現実」

それは、あんたの思う『現実』だろう。

「だから僕は決めたんだよ。僕と同じような人——ヘッドホンを外しても、なんともない人を見つけるまで、ここにいようって」

「だから他人のヘッドホンを奪うのか？」

同類を見つけるために。

ヘッドホンを外しても大丈夫な人間を、力ずくで見つけるために。

「そうだよ」

ボサボサ髪の男は笑って続ける。

「僕は安心したいんだ。世の中には僕と同じ人がちゃんといる。心を開いてくれる人がいる。他人の話を聞ける人がいる。世の中は話が通じる。それを信じたい」

言葉だけを抜き出すと、良いことを言っているような気がする。

それが厄介だ。

「ある意味で、この美術館は天からの贈り物かもしれない。僕が同類を見つけるために神様が用意してくれた箱庭かもしれない」

ボサボサ髪は、この美術館のことを『自分のための箱庭』だと思っているらしい。その捉え方は、無邪気で、そして怖い。

「守らなきゃならないルールもある。たとえば、一度でも外に出たら、二度と入れないというルールだね。ここは不思議な美術館だし、そういう強制力もあるだろう。だから同類を見つけるまでは外に出ないで、粘ろうと思ってさ。ずっと休憩室にいた。なるべく体力を温存したいから『立ち入り禁止』と紙に書いて、貼り付けておいたんだ。勝手に入ってきた人に対してはヘッドホンを奪ったよ。僕の部屋だし」

あんたの部屋じゃない。

「さいわい、スタッフから追い出されることもなかった」

撃退しただけだろ。

「でも君に出会えた。これで帰れる。ありがとう」

あれ？

2

「それじゃあ、さよなら」

ボサボサ髪の男は踵を返し、俺に背中を向けた。

別に止めはしない。むしろありがたい。ボサボサ髪の男には、妙なこだわりとルールがあるみたいだけど、それがプラスに働いているらしい。このまま彼が美術館から出て行ってくれるのなら、何も問題はない。でも帰ると言っておきながら、なかなか立ち去ろうとしない。なぜか視線をあっちこっちにさまよわせてから、もう一度、俺たちのほうを見てきた。

「隣の子はさ、なんでヘッドホンをしている？」

佐々木のことを言っているらしい。

……なんでって。なんでもなにもない。返答に困る。

こちらから質問してみることにした。

「あなたは——」

「早坂《はやさか》」

ボサボサ髪の男が名乗った。早坂というらしい。

「早坂さんは、なんともないですか？」

「どういう意味？」

「だってこの建物には言葉が溢れているじゃないですか」

「聞こえないよ。この建物は静かだ。むしろ他のお客さんたちの、ガサツな仕草や立ち居振る舞い、乱暴な歩き方、そういった一つ一つの音がうるさくてたまらない」

感覚が鋭いタイプの人なんだろう。

「君には何か聞こえるの？」

「……いえ、今は聞こえませんけど」

「今は？」

早坂の眉根がぴくっと動いた。

「いえ、別に」

「ふうん」

早坂の、声のトーンは変わらない。何を考えているのか読めない。

それにしても、どうして俺と早坂だけがヘッドホンを外しても大丈夫なんだ？

考えても答えは出ない気がする。

とりあえず早坂にはお帰りいただこう。別に口論する必要も、議論する必要も、まして対決する必要もない。でも一つだけ訊きたいことがあった。

「牛の角型ヘッドホンをしている男性、いたじゃないですか。どうして彼のヘッドホンを奪ったんですか？」

「そんな人、いた？」

「いました」

「たまたま僕の進路上にいただけじゃないかな。その人がどうかした？」

「いえ、別に」

確執なんてなかった。

偶然の邂逅《かいこう》で、牛男は退場したらしい。ここには教訓が存在しているのか。人生なんてそんなもの、と言い切ってしまっていいのか。状況は全然違うけど、父さんが事故死したとき、俺はどうやって乗り越えたんだっけ。人生なんてそんなもの、とは思わなかった気がする。

早坂はなおも俺と佐々木をじっと見てくる。

俺はバッテリーの残量が気になる。もうそろそろ切れてもおかしくはない。体感だけでは正確な時間はわからない。スマホを取り出して、バッテリーの残量を確認した。

三パーセント。

残り時間はおよそ十分。

もう時間がない。

「君はヘッドホンをしていないのに、どうしてバッテリー残量を気にしたの？」

どういう質問なんだ？

何を知りたい？

「隣に立っている女の子さ。さっきまで白いヘッドホンをしていなかった？」

俺は何も答えない。

早坂が、俺と佐々木に疑念の目を向ける。重たく、体の隅々にまでまとわりつくような視線だ。それから早坂は、少し離れたところに落ちているもこもこのヘッドホンに視線を向けた。何に勘づき、何を考えているのか予測ができない。

帰るんじゃないのかよ。

「んー。どういうことだ、これは。なにかが変だ」

腕を組み、こっちをじっと睨《にら》んでくる早坂。

「やはり見覚えがある。君さ、休憩室で会ったでしょ」

「会っていません」

しれっと嘘をついてみた。

「いや、確かにいた。あのときヘッドホンをしていたね。それで僕の投げた本がぶつかって、一度ヘッドホンを落としたんだ」

　静かに、それでいて空気が徐々に張りつめていく。

「その後、続々と人がやってきたから面倒になって、君のヘッドホンを奪わずに廊下に出た」

「……」

「それで……さっき。そう！　ついさっきも出会った！　僕の手を捻って逃げようとしたね。あれは痛かった。暴力嫌いなんだよ」

　かなり白々しいセリフだ。

　どこまで本気で喋っているのかわからない。

　早坂は牛男のことを覚えていなかった。俺のこともさっきは「初対面だよね」と訊いてきた。それが、こうして話している内に、どんどん俺のことを思い出していった。彼は記憶力がいいというよりも、必要な情報を思い出す能力に長《た》けているのかもしれない。どちらにしろ厄介だ。

「君さ、黒いヘッドホンをしていたよね。ははあ、なるほど。隣の子は、僕にヘッドホンを奪われたのか。それで君は、ヘッドホンを貸してあげたのか。違和感はこれか。へえ、そうか。かっこいいねえ」

　こういうことを言ってくる人間が、俺は大嫌いだ。

「君さ、他人のために動くタイプだろ。僕はね、君のような人間が大嫌いだ」

同じタイミングで、俺が思っているのと同じようなことを言いやがった。

そのことに、無性に腹が立った。

「他人のために動く人間に、ろくな奴はいないよ」

俺だってそれに近い考えを抱いている。

でも今は、目的のために『佐々木のため』という表現を借りているだけだ。それが自《じ》己欺瞞《こぎまん》でも別にいい。わかってもらおうとも思わない。

「確認するけれど、君は最初からヘッドホンを外していたわけじゃないんだね？　隣の女の子に貸すために、仕方なく外したんだね？」

「……だったらどうだっていうんですか？」

「君はヘッドホンを外しても動いている。僕と同じことをできる人間が、僕の一番嫌いな人種だったなんてね。いや、困ったな」

「……」

「僕たちは同類じゃない」

ああ、そうだな。

同類じゃない。

「そっか。僕の探していた人間は、どこにもいないのか」

早坂の、声のトーンは変わらない。

柔らかな眼差《まなざ》しも変わらない。

俺たちの間にある空気だけが重く重くなっていく。

「いや、まだ諦める段階じゃない」

早坂が言う。

そして、

「まだ帰れない」

俺を見た。佐々木を見た。

戦う気なんだとわかった。

牛男が相手だったらこっちにも勝利条件があった。相手のヘッドホンを外せれば、気絶させることができた。でも早坂を相手にした場合、勝つ方法がない。彼はヘッドホンをしていないから対処できない。

殴りつけて、気絶させる？

まさか、そんなことはできない。それに早坂は、身長が高い。ガタイも良い。スタンガンを持った美術館のスタッフだって撃退しているらしい。彼に肉弾戦を挑むのは無謀だ。

「まずは君の隣に立っている女の子のヘッドホンを奪うか。いや、君が貸しているヘッドホンだっけ？　どっちでもいいや。それで、その後はどうしようかな。暴力は嫌いだし。どうやって君を気絶させればいい？　人間って、腹を蹴れば気絶するのかな？　勝利条件がないよなぁ」

また、俺が考えていることと同じことを言いやがった。

途端、ひんやりとした何かが、俺のほっぺたに触れた。

佐々木の手のひらだった。彼女は俺を見て、首をふるふると横に振った。

冷静になれ。

そう伝えようとしてくれている。

確かに、ここで感情に任せて動いたら負けは確実だ。ターゲットにされてしまった以上、撃退するしかない。とはいえ、この体格差を埋めるだけのアイデアが俺にはない。

会話を続けて時間を引き延ばすしかないか？

もしかしたらスタッフが助けに来てくれるかもしれない。情けないようだけど、それが最適解な気がする。

そう考えていたら、

――かこん。

と、音がした。

近くに捨てられ、積み重なっているヘッドホンが崩れた音だった。

早坂が動き出した。

始まってしまった。

走って逃げ切れるとは思えない。

隣に立っている佐々木を見た。

口元が動いている。

「私のヘッドホンを取ってきて」

と、小声で言っている。

佐々木には、何らかの策があるのかもしれない。

お互いに頷き合ってから、二手に分かれた。

足元の砂が舞い上がる。

「なんだ？」

早坂が困惑している。でも逡巡は一瞬だった。彼はためらいなく佐々木を追った。

まずは佐々木の頭に乗っかっているヘッドホンを奪い、彼女が気絶するまで俺を警戒する。その後、余裕を持って俺を追いつめればいい。そう考えたのだろう。

俺は二人を放って、まずは佐々木のヘッドホンの回収に向かった。

さっき早坂が、他の人から奪ったヘッドホンとまとめて放り投げたのを俺は見ている。あった。すぐに見つかった。

三つか四つ、固まって落ちているヘッドホンの山から、見慣れたもこもこ素材の白いヘッドホンを拾い上げた。視線を上げて、二人の追いかけっこがどうなっているのか確認した。

佐々木は、すでに捕まっていた。

俺が貸しているヘッドホンを奪われた瞬間だった。

すぐにこのヘッドホンを渡さなくてはならない。でも、渡したところでまた奪われてしまうだけだろう。

うかつに近づけば、俺も殴られるか何かして、気絶させられてお終《しま》いだ。

どうすればいい。

どうすれば早坂を撃退できる。

今、この部屋には人がいない。

早坂がみんな気絶させてしまった。新しい人はまだやってこない。助けは期待できないし、混乱に乗じて救い出すという手段も取れない。

考えている時間はない。

ここで佐々木が、俺と同じようになんらかの理由で動けるようになってくれれば、なんて思った。もちろん都合よくそんな奇蹟《きせき》は起きない。

俺が動けているだけで、とんでもない奇蹟なのだ。

早坂の後ろでうずくまっている佐々木が、よろよろとした仕草で、斜めがけのバッグのフタを開けた。この状況下で、俺に見えるように開けたのだ。中には見覚えのあるアイテムが入っていた。

俺は混乱した。

同時に、これが佐々木の策なんだと理解した。

走って早坂に近づく。

そのままタックルする。

早坂はびくともしなかった。それどころか、

「これが横綱相撲だ」

と冗談を口にする余裕すらあった。

俺は持っていたもこもこヘッドホンを、早坂の後ろでうずくまっている佐々木に、投げるようにして渡した。

佐々木は痛みに耐えかねたのか、受け取った拍子に倒れた。

でもなんとか間に合った。

ヘッドホンを渡すことができた。

安心している俺を、早坂が突き飛ばした。

追い討ちをかけるように蹴り飛ばし、

「もう一回くらい蹴れば気絶するかな」

さらに蹴り飛ばした。

俺は強く押される形で吹っ飛び、背負っていたリュックが鯨の骨にぶつかった。そのままずるずると、咳《せ》き込《こ》みながらくずおれた。立ち上がることができなかった。

早坂は近づいてくると、おもむろにしゃがみ込んで、俺に目線を合わせた。

上目遣いで覗き込んでくる。

「うーん。気絶させるのは無理か。まあいい。黙って寝てなよ」

早坂は立ち上がると踵を返し、俺のところから離れていった。

その動きを目で追う。

早坂の背中が見える。その向こうには、ヘッドホンをつけて復活し、立ち上がっている佐々木がいた。

怖いのか、佐々木の足は震えている。彼女の額には、滝のような汗が流れている。それでも彼女は逃げようとしない。早坂の手が伸びる。振りほどこうとした佐々木の手をものともせず、そのままもこもこヘッドホンを摑んだ。

そして、いとも簡単に、ヘッドホンを奪い取ってしまった。

こうなることはわかっていた。

当然、佐々木はうずくまった。

早坂が、そんな佐々木を黙って見下ろしている。俺は、この光景を床に這《は》いつくばりながら、無様に見上げることしかできなかった。蹴られたお腹《なか》が痛かった。人生で、ここまで直接的な暴力を受けたのは初めてだった。

早坂の右手には、俺の黒いヘッドホンが。

左手には、佐々木の白いヘッドホンが。

それぞれ握られている。

早坂はちらりと俺に視線を移してから、

「さよなら」

と簡潔に言った。

そして手に持っている二つのヘッドホンを放り投げることなく、この部屋から出て行った。

その後、俺はなんとか立ち上がり、うずくまっている佐々木に近づいた。

「バッグ。バッグの中」

という掠《かす》れた声が聞こえる。

俺はすぐに佐々木のバッグを開けた。

中には、スケッチブックを破ったときの紙と、下敷き、ボールペン、スマホ。

そして。

もこもこ素材の白いヘッドホンが入っていた。

◇

『私は、もともと二つのヘッドホンを持っていたの』

佐々木はそう書き始めた。

早坂が戻ってくるとまずいので、彼が進んだのとは違う廊下——順路を戻る方向の廊下に入り、近くにあった男子トイレに飛び込んだ。中に誰もいないことを確認してから、二人で一つの個室に隠れたのだ。

「いいのかな。本当にいいのかな。怒られないかな」

と佐々木はずっと言っていた。

非常事態だし、いいだろ。

怒られたら、そのときはそのときだ。

俺がそう説明したら、佐々木はしぶしぶ男子トイレに入ってくれた。俺が女子トイレに入るよりも問題が少ないだろうし、ましてやこんな状況下であっても、多目的トイレはふさぎたくなかった。だからこれしかない。

とりあえず一息ついてから、俺は自分のスマホを取り出す。

バッテリー残量はゼロになっていた。

これでもう俺のヘッドホンは使えない。早坂から取り戻せても、佐々木に貸すことはできない。俺と早坂だけが理由もわからずに回避できている美術館内のノイズが、また俺に襲い掛かってきても、防ぐことはできない。ゼロという数字が、これだけ重く、怖く感じたのは初めてだった。知らない土地に、スマホも何もなく放り出されたような不安感だ。

佐々木を見ると、弱々しく頷いてきた。

便器を挟んで、説明が始まった。

佐々木はもともと、二つのヘッドホンを持っていたらしい。

『二つ？』

声を出して会話をしていたら居場所がバレてしまう危険性がある。だから筆談で会話を進めていく。

『お守り代わりに、イヤホンとかヘッドホンを持ち歩いているんだ。今日は寒かったから、もこもこ素材の、温かいヘッドホンを持って家を出た』

お守り代わりか。

『そうしたら、家の近くで偶然、この美術館を見つけた』

家の近く？

　この美術館の近くに建物なんてあったっけ。

『入ると、受付で、私が持ち歩いているのとまったく同じヘッドホンを渡されたの。あなたにふさわしいデザインはこれですって。確かにこれは一番お気に入りのデザインだったから、本当に驚いた。それで気になって訊いたんだ』

『なにを？』

『どうしてこのデザインがふさわしいと思ったんですか？　って』

『……』

『受付の女性は答えてくれなかった』

　そうか。

　やっぱりそこは教えてくれないのか。

　でも、なんとなくわかってきた。

『私は、展示コーナーに入った時点で、「受付で渡されたヘッドホン」と「自分の家から持ってきたヘッドホン」の二つを持っていた。それで自分のヘッドホンは、バッグの中に入れておいたの』

　佐々木が説明を続けた。

　まとめると、次のようになる。

最初に佐々木は「受付で渡されたヘッドホン」を早坂に奪われた。

本来だったら気絶するところだったけど、俺のヘッドホンを借りることでなんとかなった。この時点で、佐々木の持っているバッグの中には、まだ「自分の家から持ってきたヘッドホン」が入っている。もちろんこのヘッドホンをつけても展示コーナーの音は防げない。なぜなら普通のヘッドホンだから。

どうしても早坂の持ち去った「受付で渡されたヘッドホン」が必要だった。

俺と佐々木は早坂に追いつき、対決することになった。

俺はまず、早坂が放り投げた佐々木のヘッドホンを回収した。

その間に、佐々木は俺のヘッドホンを奪われてしまった。

倒れた佐々木は俺に、バッグの中に入っている「自分の家から持ってきたヘッドホン」を見せた。そして俺は、なんとなく計画を察した。本当になんとなく、という感じだ。必死だったから、考えて動いたわけじゃなかった。

俺は早坂にタックルし、生じた一瞬の隙に、回収しておいたヘッドホンを佐々木に渡すことができた。

受け取った佐々木は、もう限界だ、という演技をしながら床に倒れた。いや、演技ではなかったんだろう。極限状態の中で、早坂の視線からバッグを隠し、二つのヘッドホンを入れ替えたのだ。

そして「自分の家から持ってきたヘッドホン」を頭に装着し、元気になったように見せかけて、立ち上がった。もうこのとき、佐々木は気絶する寸前だったらしい。

早坂は、ヘッドホンが入れ替わっていることに気がつかず、佐々木の頭に乗っかっているヘッドホンを奪った。それで満足した。

早坂は部屋から出て行ってくれた。

そして佐々木は、ギリギリのところで「受付で渡されたヘッドホン」を、頭につけ直すことができた。

本当に、間一髪の作戦だった。

『よくあの状況下で、ヘッドホンのすり替えなんていう作戦を思いついたな』

『それしか、あの男を出し抜ける方法が思い浮かばなかった』

確かに。

真正面からぶつかっても絶対に勝てない。

やり過ごすことが最適解だった。

佐々木のヘッドホンを回収するという目的は達成できた。その代わり彼女が現実から持ってきたヘッドホンと、俺のヘッドホンは奪われてしまった。でもそれらは『佐々木がこの美術館から絵を持ち帰る』ために必要なアイテムではない。

後は、早坂に見つからないよう、慎重に行動すればいい。

『それに、君が信じてくれたから』

佐々木はそう書き、すぐに口元をスケッチブックで隠してしまった。どんな表情をしているのかよくわからない。

俺も、何かを書こうとペンを取り——。

コンコンっと。

急にノックの音がした。

もちろん、この個室をノックした音だ。

扉の向こう側に誰かがいる。

俺には聞こえた。でも佐々木には聞こえない。ヘッドホンをしているのだから当たり前だ。キョロキョロしている俺を見て、何かを察したらしい。

『どうしたの？』

と紙に書いて、見せてきた。

俺は人差し指を口に当てて、静かに、というジェスチャーをした。それから人差し指を扉に向ける。そこに誰かがいる。音の聞こえないこの世界で、わざわざ個室をノックしてくる奴がいるとは思えない。習慣でノックしているだけ、という叩き方じゃない。嫌にゆっくりしていて、音と音の間隔がねっとりしている。

もう一度、コンコンっという音がした。

そして沈黙。

長い長い沈黙。

無音の圧が、トイレの個室に伸し掛かってくる。いまやこの場所は隠れ家でも、安全地帯でもなかった。せまい壁は不自由な牢獄《ろうごく》でしかない。周囲のすべてが俺を押し潰すように圧迫してくる。

衣擦れの音一つ立てたくない。

息をのむ音すらさせたくない。

心臓の音だけは止められない。

俺と佐々木は扉を見つめる。

その向こう側にいる誰かを見つめる。

極限まで圧縮する無音。

次の瞬間――扉が蹴破られた。

大きな破壊音がトイレ中に響く。慌てて佐々木をかばった。目をつむり、数秒が経つ。

おそるおそる目を開ける。蝶番《ちょうつがい》が壊れ、外れかかっている扉が、ぷらぷらと揺れていた。

キイキイと耳障りな音を立てている。

そして、その向こう側に、

「みいつけた」

早坂がいた。

3

やり過ごすことが最適解だ――なんて。

俺はどこまで甘いのだろう。

早坂は両手を広げ、個室の入り口をふさぐようにして立っている。

「嫌な予感がしたんだよね。だから一応引き返してみた」

なんなんだ、こいつは。

「スタッフの回収作業は、まだあの部屋まで追いついていなかった。でも君たちはいなくなっていた。ということは、つまり逃げたってことだ」

――妙に勘が鋭い。記憶力がいい。

「当然僕と、逆方向に進んだはずだ。作戦を練り直すならトイレだね。君たち真面目そうだから、こんなときでも多目的トイレは使わないだろうし、男子トイレが無難だ。まあ、片端から調べるからどこに隠れても意味はないんだけど」

ほんとにさ、勘弁してくれ。

「逃さないよ。人をバカにしやがって。僕を出し抜けると思ったのか？」

ここから逆転するための一手はあるのか？

思考を巡らす。

同時に、ありとあらゆる場所に視線を向ける。

俺が立っている位置から角度的に見えるギリギリの場所——手洗い場の鏡に何かが映った。早坂はこっちを見ているから気がついていない。

俺はここで決意した。

「どうやって逃げた？　その子の頭に乗っかっているヘッドホンはなに？　さっき奪ったはずだよね」

「……」

「ねえ。会話をしようよ」

「……」

「僕に、教えてくれ」

早坂が言う。

うるせえな、と思う。

そんなに知りたいなら——

「教えてやるよ」

俺はそう答えてから、隣に立っている佐々木のヘッドホンを奪った。これだけだと意味がない。思わず両手で耳をふさぎ、苦悶の表情をしている佐々木に、

「貸してもいい？」

と訊いた。

佐々木は、俺の口の動きをしっかり見ていた。

さっきは佐々木の作戦を信じた。

今度は俺の作戦を信じてほしい。

佐々木は頷いてから、

「いいよ」

と言った。

俺はまず、背負っていたリュックを早坂に向かって放り投げた。

早坂が、両手で十字の形を作ってガードした。視線が切れる。俺は便器を踏み台にして高くジャンプした。便器のフタがバキッと割れた。ごめん、修理代はきっと早坂が払ってくれる。ここまで大暴れしたんだ。そのくらいのツケは払ってもらう。

身長百九十センチの男よりも高く跳んだ。同時に佐々木が、早坂に向かってタックルをかました。頭痛で動くのもやっとのはずなのに、それでも立ち向かってくれた。ほんの少しでも相手の注意を逸らすためだろう。

早坂の頭上に一瞬の隙が生まれる。

佐々木のもこもこヘッドホンを、早坂の頭にムリヤリ被せた。

「え？　なんだ？」

着地。

視線を上げる。

混乱している早坂の背後に、巡回の女性が立っていた。彼女のつけている翡翠のイヤリングがまったく揺れていない。空気を動かさず、風を縫うようにして近づいたのだろう。そんな彼女の頭の上には鼈甲のヘッドホンが乗っかっていた。またデザインが変わっている、と俺は思った。

巡回の女性の手にはスタンガンが握られている。それが早坂の背中に押し当てられた。

◇

「早坂という男は、妙に勘の鋭い男でした。背後から近づいてもすぐに気がつき、対処してきます。ですが今回は、スタッフに気がつかなかった。なぜですか？」

場所は、美術館の受付だ。

レジカウンターを挟んで、受付の女性と話をしている。

俺は、佐々木が絵を一枚選ぶまで、ここで待っていることにした。

あの後、巡回の女性は、早坂が持ち去った俺と佐々木のヘッドホンを見つけ出してくれた。倒れている知らない人の、バッグの中に入っていた。

そしてヘッドホンを受け取り、俺はここ、受付に戻ってきた。

巡回の女性は、倒れているお客さんや落ちているヘッドホンの回収に向かった。

佐々木は絵画の鑑賞に戻った。

一人で、自分だけのペースで見たいらしい。

その頃には、事態はもう沈静化していたから、安心して送り出すことができた。

噂に翻弄された人々は、気絶し、外に運び出されていく。そして新しい人がこの美術館にやってくる。混乱は持続しなかった。

俺は黒いヘッドホンを両手で持ち、その手触りを確かめた。まるで存在していないかのように、軽くて滑らかだ。

このヘッドホンが、俺と佐々木を助けてくれた。

「ここで渡されるヘッドホンは、ノイズキャンセリング機能がかなり強力なので、気配を感じ取れなくなってしまいます。現に俺は、視界の外から近づいてくる人に対して無防備になっていました。本当に、まったく気がつかなくなってしまうんです」

気配とは、意識に上らないくらいの、幽かな音の集合だ。匂いや風の流れ、つまり肌の感覚も加味されるだろうけど、音の割合が大きい気がする。俺は今回の美術館探索を通して、そう考えるようになった。

俺が五感の中でどれに重点を置いているか、というだけの話かもしれない。

「早坂はヘッドホンをしていなかった」

だから気配を感じ取る力が鈍らなかったのだと思う。

元々持っている集中力も尋常ではないのだろう。

「男子トイレの個室をふさがれたとき、俺には、入り口にある鏡で、巡回の女性が近づいてくるのが見えました。ですがあのまま近づいたら、足音か何かですぐに勘づかれて対処されてしまうと思ったんです」

「おそらく対処されたでしょうね」

「だから俺は、佐々木のヘッドホンを早坂に被せて、ノイズキャンセリング機能をぶつけた。一瞬でも、早坂から気配を感じ取る力を奪おうと考えたのです」

俺の読み通り、早坂は混乱した。

背後から近づいてくる巡回の女性に気がつかなかった。

「彼女も、鏡を通じてそちらの状況を確認していたようです。お客様がなんらかのアクションを起こしたのが見えたと言っていました。ですから彼女も、今が動くときであると判断できましたし、あの男にスタンガンを当てることもできたのですが……お客様の説明には不足がございます」

「不足？」

「他人のヘッドホンを装着しても、効果は発揮されないはずです。それなのにお客様は、他のお客様のヘッドホンをあの男に被せてノイズキャンセリング機能をぶつけた、と仰いました。何がどうなっているのですか？」

美術館のスタッフは、すべてを知っていて動いてくれたと思っていたけれど、そうじゃなかった。

「最初におかしいと思ったのは、俺のヘッドホンを佐々木が使えたことでした。そこで俺は、ルールが嘘だったのかと思いました。ですが、俺が他人のヘッドホンを拾って装着しても、やっぱりノイズキャンセリング機能は作動しなかった」

俺のヘッドホンだけが特別だったのか。

そんなわけがない。

「俺は、巡回の女性が言っていたことを思い返してみました」

——数ヶ月前のことです。受付で渡されたヘッドホンのバッテリーが切れた後、他人のヘッドホンを奪って、館内に滞在し続けた人間がいました。その人物を追い出してから、お客様が他人のヘッドホンを奪ったり拾ったりしても、効果がないようにわざわざ創り替えました。

ヘッドホンを奪ったり拾ったりしても、効果はない。だからルールの範囲外だった。そう

「俺は、佐々木にヘッドホンを『貸した』のです。だからルールが適用されなかった?」

仮説を立てました」

「……奪うのではなく、与えたから、このルールが適用されなかった?」

「その通りです」

「これはなんと申し上げたらよいか……その、盲点でした」

「その後、俺と佐々木は、早坂に追いつめられました。男子トイレの個室には逃げ場がありませんでした。だから一か八か、この仮説に頼ったのです」

頼らざるを得なかった。もっと早く気がついていたら、佐々木のヘッドホンを貸してもらうことで証明できたかもしれない。

「俺は佐々木にヘッドホンを借りました」

最初は奪った。説明している時間がなかったからだ。あのまま早坂に被せても、意味はなかっただろう。だから俺は、佐々木に許可を求めた。

——貸してもいい?

——いいよ。

佐々木はそう答えてくれた。

この後、便器を踏み台にして高くジャンプし、早坂の頭にヘッドホンを被せた。俺の思った通り、ノイズキャンセリング機能は作動した。

又貸しだけど。

早坂にヘッドホンを与えたから、隙を作ることができた。

たとえ一瞬だとしても、聴覚を封じられた早坂は混乱した。その背後に巡回の女性が忍び寄り、スタンガンを当てた。

「お見事です」

受付の女性は、そう褒めてくれた。

素直に嬉しかった。

会話の途中で、女の子が一人、廊下の奥から受付に戻ってきた。俺はカウンターの前をゆずった。その子は、貝殻型のヘッドホンをしているセーラー服姿の女の子だ。

青い照明の部屋で話しかけ、その後、もう一度だけ見かけた。牛男が噂を流布させ、その噂によって人々が混乱しているときも、ずっと自分のペースを保ちながら絵画を鑑賞する姿が印象的だった。

彼女はヘッドホンを外すと、

「この美術館はうるさいから嫌い。まるで学校みたい」

とだけ言い、何も持ち帰ることなく扉から出て行った。

入れ替わるように一人、新しいお客さんが入ってきた。

「うわあ、こんな路地裏に美術館があるなんて知らなかった。穴場だ。穴場スポットだ。みんなに教えてあげなきゃ……って。スマホ使えないじゃん！」

十代の女性で、テンションが高い。

俺は少し離れて、近くに置いてあるインテリアを眺めた。

受付の女性はそのお客さんにルールを説明し始めた。

「へえ、一枚だけ持ち帰ってもいいの？」

「はい」

「ほんとにほんと？」

「はい」

「じゃあ凄そうな絵を選んでメルカリで売ろっかな」

「ご自由に」

「ヤフオクでもいい？」

「私に訊かないでください」

「変な美術館みたいだし、高く売れる？」

「わかりかねます」

なんていう会話をしている。

しばらくして女性は、ゲーム機のコントローラーみたいなデザインのヘッドホンを頭につけて、展示コーナーへと歩いて行った。

人の流れを見届けてから、カウンターの前に戻った。

「お邪魔ですか？」

「問題ございません」

ということなので立ち話を続ける。

「俺にはまだいくつか、わからないことがあります。訊いてもいいですか？」

「私にお答えできることでしたら」

「どうして俺は、ヘッドホンを外しても動くことができたんですか？」

「わかりません」

受付の女性は、簡潔にそう答えた。

「君と早坂は特別なのでしょう」

特別？

早坂はまだわかる。

でも俺は特別じゃない。

「強いて申し上げるのなら、我々は『それ』を知りたいのです。君や早坂と他のお客様がどう違うのか。なぜ、溜まっている言葉に溺れないのか。そのコントロール方法を言語化したいのです。逆に問いたい。なぜ、君はヘッドホンを外しても動くことができたのですか？」

訊かれてしまった。

「そう、ですね。なぜでしょう」

と答えたけれど、思い当たる節はある。

意識を失いそうになったときに見た映画館の幻——あれだ。

父さんとの会話がノイズを消してくれた、俺が覚醒するきっかけを与えてくれた、なんていう単純な話ではないだろう。

でもここら辺の情報を使って駆け引きすることで、俺の知りたい情報を引き出せるかもしれない。

ここまでいろいろなことがあったんだ。

俺も、この美術館から何かを持ち帰りたい。

選び取りたい。

いや、俺はすでに選び取っている——館内に飾られている絵画ではなく『佐々木の目的を達成する』という、俺自身の目的を選び取ったから、今ここにいる。

でも、もう少しだけ欲が出た。

俺も、絵が欲しい。

「ここで渡されるヘッドホンがなんなのかを知りたいです。それがわかれば、あなたの質問に答えられるかもしれません」

ちょっと踏み込みすぎたか？

受付の女性は、俺のことを鋭く見据えた。

その威圧感に気圧されそうになる。

「わかりました。お答えしましょう。でもその前に、君の考えを聞きたい。君はどう思っているのですか？」

問われた。

答え合わせをしてくれる雰囲気だ。でも俺の考えていることが的外れだった場合、話を打ち切られてしまいそうな怖さがある。

慎重に言葉を選び、思考を紡ぐ。

「まず、俺に確かめようのないことは見たままを聞いたままをある程度受け入れますし、想像で補う部分もあるでしょう。その点はご容赦ください」

「承知いたしました」

「じゃあそのうえで話を組み立てていきます。たとえばこの美術館がなんなのか——」

人の発した言葉が溜まり続けるという、不思議な場所がある。

そこに住む者たちがいる。

彼らは、溜まっていく言葉を排出しなければならないという責務を負っている。

彼らは、溜まっていく言葉を物体に変換させることができる。

そこで美術館を創り、絵画を飾った。

人間を呼び寄せて、溜まっていく言葉から創り出した絵画を持ち帰ってもらうことで、言葉の排出を行っている。あるいは循環と言い換えてもいいだろう。

建物は、美術館じゃなくてもいい。

どんな建築物にしようが、そこに人間がやってきて何かを持ち帰るというシステムがあるのなら、なんでもいい。

「ここまでは合っていますか？」

「異論はございません」

とのことなので、続きを話す。

先述の通り、この建物には言葉が溜まっている。それは、人間にとっては耐えがたい毒となる。言葉を遮断するためのアイテムがなければ、入ることができない。

ここでヘッドホンが出てくる。

受付で渡されるヘッドホンを装着することで、人間は言葉の溜まっている領域に足を踏み入れることが可能となる。

もちろんこのヘッドホンは市販品ではない。

言葉の遮断という象徴性を増幅させた特注品だ。

でもヘッドホンの機能が多様化した現在において、人々の中から『ヘッドホンの象徴性』という共通認識が薄れ、分散してしまった。その結果、館内でさまざまな噂が蔓延する事態となった。まあ、これは今語っている話の本筋とは関係ないけど。


さて。


ここからが本題だ。

ヘッドホンは何から創られているのか。

「この美術館や飾られている絵画と同じように、溜まっている言葉から我々が創り出している。違いますか？」

挑発するように受付の女性が言う。

「違います」

俺は否定した。

この美術館と飾られている絵画は、俺個人とはなんの関係もなかった。

でも受付で渡されるヘッドホンは違う。

俺の思い出と密接に結びついているデザインだった。

そして佐々木も、彼女の内面と結びついているデザインのヘッドホンを渡されていた。

これは偶然じゃない。

じゃあ、なんなのか。

——ここにやってくるお客さんの、心の中からヘッドホンを創り出している。

そう考えれば辻褄《つじつま》が合う。

「そして、だからヘッドホンを持ち帰ることはできないんですね」

溜まっている言葉から生み出されたものじゃないから。これを持ち帰られても、美術館側にはなんのメリットもないから。

やってきたお客さんの心の中から生み出したアイテムを、そのお客さんが持ち帰っても意味がないのだ。

目的である言葉の循環は為《な》されない。

でもこれだけだったら、サービスでヘッドホンを持ち帰らせてもいいだろう。なんの意味もないのだから、持ち帰ってはダメだという理由もない。

「俺と同じように、ヘッドホンを持ち帰りたいと言ってきたお客さんはいないんですか？」

「いますよ」

「なんて答えました?」

「それこそ君にお答えしたのと同じです」

つまりダメだと。

なぜか。

「その理由は、あなたたちの限界にあると考えました」

言葉の中に住む者たちであっても、展示コーナーへと入るためにはヘッドホンを装着する必要がある。そこは人間と同じだ。たとえば、深海まで潜ることができるクジラだって肺呼吸をしている。種類や個体差にもよるが、数分から数時間に一度は、水面から出て酸素を取り込まなくてはならないのだ。

何を言いたいかというと、どれだけ離れているように見える存在でも、同じ部分はあるってこと。そしてもちろん、違う部分だって当然ある。

「あなたたちには、ヘッドホンを創り出すための心がない。心というか思い出? 的確な言葉がわかりませんけれど、とにかく、言葉を遮断するアイテムを創り出すための素材。それを、あなたたちは持っていない」

——我々は生命というよりも現象に近い。ですから、心や思い出がないのです。

少し前に、受付の女性自身が言った言葉だ。

ここで渡されるヘッドホンは、心や思い出から創られている。

でも『言葉の中に住むものたち』には、心や思い出がない。

だから。

「やってきたお客さんのヘッドホンを回収して、再利用しているんですね」

「……なぜ、そう考えたのですか？」

「巡回の女性は、会うたびに違ったデザインのヘッドホンをしていました」

特に、二回目に出会ったときは、その直前に気絶した女性がつけていたのと、まったく同じデザインのヘッドホンをしていた。

「おそらくバッテリーを充電することはできず、電池残量のあるヘッドホンを使い捨てるようにして装着しているのでしょう。ですから会うたびにデザインが違った」

お客さんからムリヤリ奪うようなことはしていないはずだ。ただ、バッテリー残量があるのに美術館から出て行った人のヘッドホンを使わせてもらっているだけだと思う。

人間のヘッドホンを奪えば、当然、その人間は絵画を持ち帰ることができない。

他のお客さんに警戒されても面倒だろう。

陰で少人数を襲い、奪ってもいいが、そんなことをする必要はない。

今回のように、館内で暴れる人間が必ず現れるからだ。その騒動に乗じてヘッドホンを回収するだけでいい。

美術館のルールも、そういう混乱が起きやすくなるように設定されていると、俺は感じる。実際、ある程度、波風立つのは歓迎していると言っていたし。

そういえば巡回の女性の、

――数ヶ月前のことです。受付で渡されたヘッドホンのバッテリーが切れた後、他人のヘッドホンを奪って、館内に滞在し続けた人間がいました。その人物を追い出してから、お客様が他人のヘッドホンを奪ったり拾ったりしても、効果がないようにわざわざ創り替えました。

という言葉も、わざわざ『お客様が他人のヘッドホンを～』と書いている。

つまり自分たちはヘッドホンを拾っても使えるということだ。

こういうところが妙に律儀で面白い。

数ヶ月前にいたという人間も、美術館のスタッフがお客さんのヘッドホンを回収し、つけ直している姿を見て、『自分も奪って使おう』という発想を抱いたのではないか、なんて思った。これは考え過ぎかもしれないけど。

俺が館内で出会ったのは、目の前にいる受付の女性と、巡回の女性の二人だけ。でも早坂が何人ものスタッフを気絶させたせいで人手が足りないと、巡回の女性は言っていた。普段、何人が稼働しているか知らないけど、なるべく多くのヘッドホンが必要だろう。

「――と推測したんですが、どうですか？」

受付の女性は俺のことをじっと見つめている。

時が止まってしまったと思うほどの、たっぷりの間を取ってから、

「君の、ご想像の通りです」

と簡潔に答えた。

俺が一度受付に戻ってきたとき、受付の女性はこの美術館についていろいろなことを教えてくれた。でも、ヘッドホンに関する質問には、あまり答えてくれなかった。彼女たちは、溜まっている言葉を絵画に創りかえている。そして館内で飾られている絵の中に、ヘッドホンをテーマにしたものが一つもなかった。

人間に対するコンプレックスが、その理由かもしれない。

不思議な存在であっても――心や思い出がないといっても、避けたい想《おも》いはあるのだろう。でも、そこを避けている限り、言葉をコントロールすることなんてできないのではないか、なんてことを思った。もちろんここまでは言わない。

そういえばヘッドホンに思い入れがない場合、お客さんはどんなヘッドホンを渡されるんだろうか。早坂は展示コーナーに入ってすぐに壊してしまうくらいだし、思い入れなんてなさそうだ。

鳥が好きなら鳥の羽がついているヘッドホンになるように、デザインにのみ影響があるのかもしれない。

「特別展の名称が『ヘッドホン展』だったのは、なぜですか？」

「それは、ここに来る人間たちの織り成す混沌《こんとん》こそが、展示コーナーの目玉だからですよ。しかし『人間展』だとひねりがないでしょう？　次点での『ヘッドホン展』です」

なかなかに悪趣味な理由だ。

今の発言に――そしてこの『ヘッドホン展』という名称に、彼女たちのコンプレックスが映し出されているように感じる。

牛男の言っていたことを思い出す。

――集まってくる人間に多種多様なヘッドホンを被せてわかりやすい目印とし、そのうえで争わせる。その様子を一段高いところから観察して悦に入るという趣向なんだよ、これは。もしかしたら、誰が脱出できるか賭け事をしているかもね。

当たらずとも遠からず、といった感じか。

賭け事や脱出といった要素がないだけで、人間を観察しているという部分は良い線いっていた気がする。一段高いかどうかは議論の余地がありそうだ。人間と共生している存在とも言えるわけだし。

「どうしても、ヘッドホンを持ち帰ることはできないんですか？」

「この件に関しては例外を認めておりません」

「このヘッドホンには、もうバッテリー残量がありませんけど、それでもダメですか？」

「ダメです」

これ以上粘っても無駄だろう。それならそれで仕方がない。やはりこのヘッドホンは、形として残しておくべきではないのかもしれない。

名残惜しいけれど、もう手放すときだ。

父さんが、自身を守るための殻として使っていたアイテム。それが佐々木を守ってくれた。

「わかりました。返しますよ」

ヘッドホンをカウンターに置く。

カウンターにはレジが置いてある。

近くにはポストカードが並んでいる。

一番手前に飾られているのは、ヘッドホンの絵が描いてあるポストカードだ。

何かを選び取るのに、強い意志は必要なかった。

欲しいという気持ちが、自然に湧き上がってきた。


——館内に飾ってある絵をどれでも一枚、自由に持ち帰っていい。


「このポストカードをもらってもいいですか?」

俺がそう言うと、

「ポストカード? 絵画ではなく?」

受付の女性が困惑した。レアな表情だ。

「はい」

「な、なぜ」

「え? 記念品ですよ、記念品」

もしくは特別展の図録でもいい。でも物販コーナーはやっていないから、図録はなさそうだ。それに、館内でヘッドホンの絵が描かれているものはポストカードしかない。

「ふふ」

受付の女性が、慌てた様子で口を押さえた。

俺は最初、吐くのかと思った。でも違った。

しばらくしてから、

「あははははははははははははははは！」

急に大きな声で笑ったのだ。

びっくりしたけれど、それよりも嬉しかった。

彼女も、こんな顔で、こんな声で笑うんだ。

「ふふ、ふふふ。し、失礼いたしました。まさかポストカードを持ち帰りたいと申し出るお客様がいらっしゃるなんて。それもウケ狙いではなく、純粋な気持ちで、これを選ぶなんて。ふふふ。想定外です」

「いや、あはは」

褒めているのか、馬鹿にされているのか、こういう機微はわからない。

愛想笑いで乗り切るしかない。

「ルールは、『館内に飾ってある絵をどれでも一枚、自由に持ち帰っていい』――ですものね。ふふっ。『展示コーナーに飾ってある絵』では、ありませんものね。でもまさか、ポストカードを選ぶなんて。どうしてこう人間は、ルールの隙を突いたり、書かれていないことをしたりするのでしょう」

「どうしてでしょうね」

そんな風に問われても答えられない。

俺は人間代表ではない。

「パンフレットの文言を――ルールを変えますか？」

訊いた。

俺の行いのせいで美術館のルールが変わるかもしれない。そうなったら、後の人に大きな影響を与えることになる。ここはもう本当に申し訳ないと思った。

単語が一つ変わるだけで、その他多くのことが変わってしまう。

でも今は、自分のことだけを考えて決めたかった。

「他のお客様のご迷惑になる齟齬《そご》ではございませんし……どうしましょうか。他のスタッフと話し合って決めたほうが良さそうです」

「そうですか」

「今日は、よい日ですね」

受付の女性はそう言ってから、もう一度、思い出し笑いをするように「ふふふ」と笑った。そして、

「どうぞ」

ポストカードを丁寧に差し出してくれた。

恭しく受け取る。

かっこいい絵だなあ――なんていう、ありきたりな感想しか湧いてこない。それ以上の想いは言葉にできなかったし、する必要がない。

リュックの中からスケッチブックを取り出して、開き、ポストカードを挟んだ。

「やはり君と早坂は特別なのでしょう。我々の想像の上を行く。そのような人間だけが、ヘッドホンを外しても、無事でいられるのかもしれません」

受付の女性が言った。

早坂と一緒にされるのは心外だったし、そんな理由ではないと思う。でもこれ以上、受付の女性に俺の意見を話すつもりはなかった。

俺の知りたいことは、だいたい知ることができた。

少し前までは、すべてを放り投げてここから脱出しようとしていたのに。

今は、多くを知ってここから出ようとしていた。

自分という存在が、その人生が、考え方が、こんなにも変わってしまうなんて思わなかった。

展示コーナーの奥から佐々木が戻ってきた。

白のもこもこヘッドホンは頭から外れて、首にかかっている。そして彼女は、大きな絵を両手で抱くようにして担いでいた。

「これ、見て」

もこもこの、毛皮の塊みたいな獣が二匹、仲良く寄り添っている絵だった。

やっぱりこれだったか。

最初にこの絵を選んでいれば、その後の苦労はする必要がなかった。でもそれは結果論だし、あのときには、この絵がそんなに欲しくなかったのかもしれない。牛男が退場したり早坂と対決したりと、いろいろなことを経験して、この絵に辿り着いたのかもしれない。それこそ俺が、この美術館に入ってすぐ、ポストカードを選ばなかったように。

持ってきた絵を、佐々木はキラキラした瞳で眺めている。

「お客様がお選びになった絵画ですが、こちらで梱包《こんぽう》し、ご指定の住所までお送りします」

受付の女性が、佐々木に言った。

俺には言わなかった。ただのポストカードだし、梱包も何もないからかな。このままリュックに入れて持ち帰ることができる。

「それって有料？」

しっかり確認する佐々木である。

「無料のサービスです」

「それじゃあお願いしようかな。でもうちの住所を書くのは怖いから、近くの受け取りスポットにしておく」

「そういった用心はしておくべきですね」

どういう立ち位置の返答なんだそれは。ここがどこであろうと、良い体験を得られた場所であろうと、なかろうと、そんなこととは関係なく信用するな、と忠告している。

俺はそう解釈した。

佐々木が、カウンターで紙に必要事項を書いた。

「じゃあ、そろそろ行くか」

「うん。一緒に帰ろう」

佐々木が、白いもこもこヘッドホンを受付の女性に返した。それから自分のもこもこヘッドホンを取り出して、つけ直した。

「ありがとうございました」

受付の女性が、頭を下げた。

「こちらこそ、ありがとうございました」「ありがとうございましたー」

俺と佐々木は、同時に返事をした。

そして受付に背を向ける。

美術館の入り口まで歩く。

佐々木の頭には、もともと彼女が持っていた白いヘッドホンが乗っかっている。

「俺の友達に安藤って人がいるけど、あいつの妹もイヤホンとかヘッドホンとかを持ち歩いているって言っていたよ」

するとと佐々木は、俺の顔を二度見した。

「その人って、安藤涼太？」

「え？　うん」

どうして佐々木があいつの名前を知っているんだろう。どういう繋がりがあるんだろう。頭の中が真っ白になる。そのまま美術館の入り口にあるドアノブを握る。ひんやりとした感触が、手のひらに広がる。そのまま扉を開けて、流れで一歩、足を踏み出す。

「涼太は、私の――」

からんからん、とドアベルの音が鳴る。

真っ白な光があたりを包み込む。

一度出たら、二度と入ることができない。

遠くから音が聞こえてくる。

まず潮風の音が聞こえ、葉と葉の擦れる音が聞こえ、どこかで鳴いている鳥の声が聞こえた。自然の音が全身を包み、皮膚の表面を風が通り抜けていく。

肌が粟立《あわだ》つ。

思わず立ち止まった。

「音がすごいね」

言いながら隣を見た。

誰もいなかった。

4

もしかしたら佐々木はまだ、美術館の中にいるのかもしれない。そう思って振り返ったら、美術館自体が存在していなかった。

開けた空間に、二つの大木がある。その間に、ねじこまれるようにして建っていたはずの美術館が、影も形も見当たらなかった。

昔話でよくある、狐《きつね》に化かされた瞬間みたいな絵面だ。

「一度外に出たら、二度と入れないって聞いていたし」

この点に関しては事前に情報を得ていたので、そんなに驚くようなことじゃなかった。

とりあえず見回してみる。

やっぱり俺一人しかいない。

「佐々木？」

声に出して呼んでみた。

木の葉のざわめきだけが返ってきた。

太陽が沈もうとしている。この辺を探索している余裕はなさそうだ。自転車屋さんはとっくに閉まっているだろうし、歩いて帰らなくてはならない。

とりあえずスマホを確認すると、元の待ち受け画面にちゃんと戻っていた。

良かった——なんて安心している場合じゃない。

時刻はもう、夜の六時を回っている。門限はないけれど、母さんよりも先に、家に帰っていたい。

すると、このタイミングでスマホに着信があった。

安藤からだった。

『お前、今どこにいる?』

なんの挨拶もなく、安藤はそう切り出してきた。

「どこって、町の自転車屋さんの近く」

『なんで?』

「錆び取りの修理に出したから」

『……そうか。そういえばそうだったな』

スマホの向こう側で、安藤が必死に何かを考えているのがわかる。

『お前、おれの妹――綾乃のことを知っているか？』

綾乃。

佐々木綾乃。

ああ、そうか。

彼女が美術館から出るときの、聞こえなかった最後の言葉は。

涼太は私の――お兄ちゃん。

安藤の両親は離婚した。

母親が妹を連れて、出て行った。

そこまでは聞いていた。

俺は、安藤の家に行ったことがない。家族が不仲なのをわかっていたからだ。つい最近まで、妹がいることすら知らなかった。

でも、そうか。

佐々木が、安藤の妹なのか。

母親の旧姓が、佐々木なのだろう。

佐々木は、お守り代わりにヘッドホンを持ち歩いていると言っていた。

それはきっと、聴覚過敏に対してのお守りだ。

そして、この時点で俺は、佐々木がなぜこの場にいないのか、なんとなくわかった。

「安藤。妹と連絡がつくか？」

『……どうして？』

「話したいことがある」

『なあ、お前今日、岐阜県に行ったか？』

安藤が唐突に、話題を変えた。

「行っていない」

『そうか。そうだよな。ごめん、変なこと訊いて。明日会えるか？』

「午後なら会える。俺んちでいい？」

『ああ。いいよ。それじゃあ、おやすみ』

俺が何かを言う暇もなく、切られてしまった。こっちからかけ直しても、出ない。

こうなったら仕方がない。

佐々木のことは心配だったけど、もし俺の推測通りだとするなら、ここに残っていても、できることはない。

わかっていても、なんとなく歩き出せない。

ミソサザイが一羽、足元に飛んできた。振り返り、俺を見てくる。

ちいちいと透明感のある声で鳴いた。

その声に導かれるように一歩、二歩。

木々の重なる場所から、開けた場所に出る。

ミソサザイが飛び立った。

木の葉の天蓋がなくなり、頭上で空が果てしなく広がる。

落ちてゆく夕焼け。

伸びる太陽。

溶ける茜色《あかねいろ》。

空に向かって重層的に広がる菫色《すみれいろ》。

隙間を埋める紺色。

空って、こんなにキレイな色をしていたっけ。

すべてが夢だったような気がして、リュックの中をあさった。パンフレットと、ヘッドホンの絵が描いてあるポストカードが、ちゃんと入っていた。

◇

家に着いたときには、午後の七時を過ぎていた。

母さんは先に帰ってきていたけれど、ギリギリ心配されるような時間ではなかった。

「おかえり。こんな時間までどこに行っていたの？」

とはいえ詮索はされるよな。

「美術館」

「え？　美術館？」

意外な返答だったのだろう。

俺自身も意外だと思う。

「どうだった？」

「楽しかった」

「それはよかった。それじゃあ、お夕飯にしましょうか」

「俺が作るよ」

立とうとした母さんを無理やりソファに座らせて、俺がキッチンに立った。

冷蔵庫から魚を取り出して、まな板の上にのせる。

死んだ魚の、真っ黒な瞳が俺を見返している。

白いお腹に包丁を入れた。

「母さん」

「なに？」

「ありがとう」

俺が言うと、母さんは目を真ん丸に見開いて、俺の顔を凝視した。それから何かの合点《がてん》がいったのか、ゆっくりと目を細めていく。

「何かいいことでもあった？」

「うん」

「男の子って不思議」

◇

夕食を食べ終え、自室に戻った。

持ち帰ったポストカードを机の上に置く。

それからスマホを取り出した。

さまざまなSNSで、『ヘッドホン展』というタグで検索してみた。

普通に引っかかった。

俺と同じような体験をした人たちが、あれは何だったのかと語り合っていた。

どうして『言葉の美術館』で引っかからなかったのかというと、どうやら美術館の名前は、見た人によって違うらしい。ある人にとっては海の美術館。ある人にとっては氷の美術館。ある人にとっては深層の美術館。ある人にとっては人間の美術館。ある人にとっては無言の美術館――。

これじゃあヒットしないわけだ。

でもヘッドホン展は共通しているから、入った後になら調べられる。

俺にとって、あの美術館は言葉がテーマだった。でも他の人にとっては違うのかもしれない。だいたい、俺は飾ってある絵に興味が持てなかったわけだし、どうしたってそっち方面の名前にはなりようがない。

名前とは、水面に映る自分の顔なのかもしれない。

俺の興味は、最初から最後までヘッドホンだった。

あの美術館には軸が二つあり、その周りでいくつもの要素が絡まり合っていた。どんな要素に興味を持てるのか、それが個性なんだろう。

「佐々木は、どんな美術館だと思ったんだろう」

彼女にはいろいろなことを教わった。

一緒に戦い、一緒に勝ち、一緒に美術館を出た。

美術館を出た後、佐々木が消えてしまった理由の答えは、ＳＮＳにしっかりと書かれていた。

『美術館の入り口は、無数に存在している』

入った先で、同じ空間――あの美術館に転送される。

安藤の妹は、離婚した母親に引き取られてこの町を出て行った。もう、この町に住んでいない。引っ越し先は岐阜県だ。たぶん安藤の妹――佐々木綾乃は、岐阜県からあの美術館に入った。家の近くにある美術館、と佐々木は言っていた。

最後、入り口ですれ違った女の子は路地裏の美術館と言っていたっけ。

そういえば俺が入った美術館の近くには駐車場がなかった。人けがまるでなかった。

それになのに、館内には大勢のお客さんがいた。その時点でおかしかった。

俺と佐々木は一緒に美術館を出たけれど、それぞれ違った場所に戻された。

つまり自分が通り抜けた入り口に戻されたのだ。

俺はこの町に。

佐々木は岐阜県に。

ただそれだけの話だった。

どんな人が、あの美術館に入れるのだろう。それはわからない。牛男や早坂といったような人たちだって入れるのだから、そこに基準はないのかもしれない。

館内は撮影禁止。ライブ配信禁止。

一度出たら、二度と入ることはできない。
持ち帰ることのできる絵画が、あの世界の物的証拠にはならない。
だから体験している人がそれなりにいる現象であっても、オカルト話の域を出ること
はないのだろう。
それでも、それなりに。
ヘッドホン展の話題は盛り上がっていた。
とはいえ、この感じだとネタ的なミームと見分けがつかない。
行ったことのある人は熱心に語るだろう。言っても信じてくれないと思っている人は
ネタのように語るだろう。行ったことのない人は、流行りのミームだと思うだろう。そ
れに乗っかる人がいる。想像で語る人がいる。話を広げる人がいる。より真実味のある
虚構を語れる人だっているだろうし、全然関係のない嘘でも大量に投稿されればスルー
できなくなる。そういった混沌の塩梅《あんばい》がちょうどよく、俺が体験した美術館とは、適度
にズレた話が広まっていた。
『不思議な美術館まとめ』
なんていうサイトまであった。
美術館のルールとその変遷がまとめられており、訪れた人によって違うという美術館
の名前を収集するページがあり、どこから入ったのかを記録するページがあり、どのよ

うな絵を持ち帰ったのかを語り合う場があった。

もちろん、どこまで真実なのかわからない。

コンテンツとして消費されている以上、話半分で見たほうがいい。

最新の情報では、牛の角型ヘッドホンをしている男が、話題に上っていた。とあるSNSで、本人だろうアカウントも見つけることができた。インフルエンサーだって言っていたしな。そりゃ、すぐに発信するか。でも最悪なことに彼は、

『牛の角型ヘッドホンをしていたの、僕だよ、僕』

という、はしゃぎ方をしていた。

こんな奴にいろんな人が巻き込まれたのかと思うと、何とも言えない気持ちになった。ある種の閉鎖的な空間で、妙な空気を出す人がいる。牛男はまさにそのタイプだ。外に出れば化けの皮が剝がれる。

「でもさ、僕のおかげで面白かっただろ」

という言葉を牛男はSNSに載せている。

うるせえよ、と思った。

早坂については、あまり語っている人がいなかった。あれだけ派手なことをしていながら、ちゃっかり牛男の陰に隠れて動いていた、そんな印象だ。もちろん本人のアカウントも見つからなかった。彼は彼で、けっこう謎の人物だった気がする。どういう日常

生活を送っているのか気になる。あの感じで、社会生活を営めるのだろうか。意外とうまく生きているのか、それとも人と衝突しながら生きているのか。

そういえば牛男も早坂も、行動原理にあるのは『他者との繋がり』について、だったような気がする。かなり大枠でまとめれば、ということだが。

牛男は外音取り込み機能つきヘッドホンの噂を流した。

――僕たちに必要なのは、会話なんだ。

彼はそう言っていた。

早坂は他人のヘッドホンを奪いながら、館内を徘徊していた。

――世の中は話が通じる。それを信じたい。

彼はそう言っていた。

あの場を引っかき回していた二人とも、他人を意識していた。それが興味深かった。

終わったからこそ――そして俺は、自分の目的を達成できたからこそ、こうやって振り返ることができるんだろう。

さらにSNSやサイトを確認していく。その中には、もちろん恨み言を書いている人だってたくさんいた。

その中に、興味深い投稿があった。

日にちを確認すると、俺が迷い込んだのよりも三ヶ月前だ。

『ヘッドホンを外しても展示コーナーに入れたという体験談』


という記事だった。

まとめると次のような内容だった。


その人物は、受付で思い出のヘッドホンを渡され、舞い上がってしまった。

かなり浮かれていたため、足元が不注意になっていて、展示コーナーで盛大に転んだ。

その結果ヘッドホンが壊れてしまい、スマホに表示されているヘッドホンのバッテリー残量がいきなりゼロになってしまった。

だけど気絶することなく、展示コーナー内を歩き回ることができた。

『思うに、ヘッドホンが壊れたことで、アイテムとして具現していた「言葉を遮断するための何か」が、脳内に逆流したのではないか。私はそう考察する』

という言葉で記事は締めくくられていた。


そうかもしれないな、と俺は思った。

早坂はヘッドホンを展示コーナーに入ってすぐ外し、近くの壁に叩きつけて壊してしまったと巡回の女性が言っていた。俺も、そんな早坂に分厚い本を投げつけられて、それがヘッドホンに直撃したことで中途半端に壊れてしまった。

俺が見た父さんとの会話や、ずっと胸の奥に沈んでいた大事な言葉を見つけたという感覚は全然関係がなく、ただただ受付で渡されたヘッドホンを壊すことが、『展示コーナー内でヘッドホンをつけなくても無事でいられる』ことの条件なのかもしれない。

多くの人があの美術館を語り、その本質を虚ろにしてしまうことがあるのなら、その逆――集合知の中から真理が現れることだってあるだろう。

でももう確かめることはできない。この考察が合っているかどうかは、もはや関係がない。自分なりに解釈するしかないのだ。

幻の中で父さんと交わした会話が、ノイズを消してくれた。

佐々木のために動くという意思が、ノイズの力を上回った。

この解釈でも別にいいんだ。

人間には、その人を形作る核――中心となる言葉がある。でもあの美術館には中心がなかった。だから迷宮たり得ず、怪物も英雄もいなかった。あそこにいたスタッフは、言葉に惑わされることがないかもしれないけど、言葉を防ぐこともできない。そんな風に、俺は思った。人間が一度しかあの美術館に入れないのも、中心となる言葉が一つしかないからだろう。その言葉がチケットであり、入るために必要なヘッドホンを作り出すための素材なんだ――という自分の意見を書き込もうとして、面倒だから止めた。

また、とあるSNSで、AIイラストで不思議な美術館を再現しようとしている人を見つけた。ヘッドホンをしている人たちが熱心に絵画を鑑賞しているイラストが、数多く投稿されていたのだ。圧倒的なイラスト量で、自分が体験した世界をなんとか共有したいと思ったのかもしれない。

『謎の美術館は面白かったけど、友達と体験を共有できない。自分にしか意味がないものに、なんの意味があるのかわからない』

というのが投稿者のコメントだった。

あの美術館は、お客さんが絵を持ち帰っていく先から、すぐに補充される。とんでもないスピードで絵が量産されている。数年前なら、ひたすらに圧倒されるだけの空間だったはずだ。

でも今は違う。

アナログとデジタルの違いはあれど、AIにも近いことができてしまう。その変化は、あの美術館に何らかの影響を及ぼすはずだ。

たいしたことない。不思議でもなんでもない。今後、そういった言葉が溜まっていくだろうけど、そのときあそこに住む者たちは、どのように建物を創り替えるのだろう。

もっと摩訶不思議《まかふしぎ》なものにするのか、それとも人間の想像力に屈するのか。それが気になった。

でも……これももう確認できない。

建物が変わり、ヘッドホンというアイテムが変わり、ルールが変わってしまえば、俺はもう不思議な建物の情報を追うことができなくなる。

それらしい情報を見ても、真偽の判断ができなくなる。

これから先、新しく変化した建物に呼ばれる人はいるだろう。

そういった人たちがSNSの中で語ったり、表現したりすることで、不思議な建物の欠片《かけら》を感じ取ることはできるかもしれない。たくさんの煽り合いや罵り合い、苦しい言葉や悲しい言葉たちの向こう側に、ほんの少しだけ謎の世界が残されている。

ポストカード一枚分の不思議が隠されている。

そう考えるだけで楽になった。

いったん自室を出て、洗面台で水彩画用のバケツに水を汲《く》んだ。

自室に戻り、椅子に座る。

机の上に置いてあるイヤホンケースに手を伸ばした。いつものようにイヤホンを耳にはめようとして——やっぱり止めた。今の俺には必要ない。

最初から必要なかったんだ。

リュックの中からスケッチブックを取り出す。

何枚も破いたことで薄くなっているし、残った中の紙も、いろいろな文字で埋め尽くされていた。美術館の中で交わした言葉の数々が刻まれている。

パラパラとめくり、ほとんど最後のほうに残っていた真っ白なページを開いた。

これは水彩用じゃないけれど、他に紙がない。別にいいか。水彩用のスケッチブックを買いに行って、今この瞬間を逃したくない。

机の上に置いてあるファーバーカステルの缶を開ける。

まずは緑色の水彩色鉛筆を取り出して、丸を描いた。

一心不乱に色を塗る。

緑色の目をした魚の絵。

細筆を水で濡《ぬ》らし、さっと引いた。

スケッチブックの上で水彩色鉛筆が溶けていく。

◇

昨日は不思議なことがあった。いろいろな経験をした。そんなこととは無関係に朝日は昇り、不思議と現実は地続きのまま、日曜日を迎えた。

相変わらず気温は寒い。厚めのコートを羽織って外に出る。

まずは自転車を取りに、五キロの道のりをせっせと歩いた。

坂の途中で立ち止まる。

眼下の町並みを観察する。

ちょうど、潮風が吹いた。

全身を透けるように通り抜けていく、心地いい風だ。

昨日も、この辺りを歩いているときに風が吹いていたっけ。

坂の上から男性が歩いてきた。

なにやらぶつぶつと独り言を喋っている。いや、違う。イヤホンを耳にはめているのが見えた。ハンズフリーで誰かと通話しているのだろう。これも見覚えのある光景だ。

もしかしたら昨日と同じ人かもしれない。

会話の内容が聞こえてくる。

「だからさあ。昨日、俺が行った美術館だよ。そうそう。不思議な美術館。スマホにアプリを入れて、カメラを通して作品を見るんだ。うん。ARアート専門の美術館だってば。面白いからお前も行ってみなって——」

そんなことを喋っていた。

すれ違う。

今度は振り返る必要がなかった。

◇

自転車屋さんに行き、

「昨日は約束していたのに、引き取りに戻れなくてごめんなさい」

と謝った。

「別にいい別にいい、構わない構わない」

自転車屋さんは笑って許してくれた。

「肝心の自転車だけど、どこも壊れていなかったね。だからできる範囲で錆を取って、タイヤに空気を入れ直して、それで終わり。三千円ってところかな」

「ありがとうございます」

「今年高校生になったんだっけ？　まだまだ使えるけど、買い換えてもいいと思うよ。親御さんはなんて言っているの？」

「まだまだ使えるのなら、まだまだ使いますよ」

新しい自転車は、今のところ必要ない。

見てもらった自転車を引き取り、サドルにまたがった。

ペダルをこぐ足に、力を入れた。

一気に坂を下りる。

◇

家に戻り、しばらくすると安藤がやってきた。

「お邪魔しまーす」

「どうぞどうぞ。今日も母さんいないから」

「なんだ、じゃあクッキーは食べられないな」

そんな会話をしながら、居間の扉を開けた。

ソファに座った安藤は、

「昨日さ。妹からお前のことを訊かれたんだ」

いきなり本題に入った。

「うん」

「でも要領を得ないんだ。不思議な美術館でお前と会ったんだって。だけど、一緒に外に出たらいなくなっていた。お兄ちゃん、どういうこと？　ってさ。こっちがどういうこと？　だよな」

「……」

「昨日会ったんだって？　でもあいつ今、岐阜県にいるんだぜ？　この町からは電車で二時間だ。会えない距離じゃねえけどさ。お前昨日、岐阜県に行ったのか？」

今度は面と向かって訊かれた。

「いや、行っていない」

「そうだよな。そう言っていたよな、昨日も。おれはお前のことを信じている。くだらない嘘をつくヤツじゃないって知っている。でもさ、だとすると、よくわかんねえな。何がどうなっている？　しかも家の近くにある美術館ってなんだ？　あいつが住んでいる場所の近くに美術館はない」

安藤はそう言って、しばらく黙った。

こっちに視線を向けないで、口を開く。

「あいつ、パニックになっていたぜ。お前と連絡が取れて、無事だって伝えたら落ち着いたけどさ。お前が何かしたのか？」

「……していない」

「だろうな」

即答する安藤。

信頼されている、と考えてもいいのか。

「事情は知らないけどさ、会ってやってくれないか？」

「そう。お前に会うためなら、どこにでも行くって言っている。あいつがそんなこと言うなんて珍しい。行きたい場所とかないのか？」

「映画館」

答えてから、しまった、と思った。

佐々木は聴覚過敏だ。大きな音の出る映画館は、苦手な場所だったはずだ。

でも安藤は、

「いいね。行こう」

と言った。

「え？　いいの？」

「たぶん大丈夫だろ。ダメならダメって言うだろうし。あ、おれも来てくれって妹に頼まれているから。邪魔だろうけど、わりいな」

「いいよ、邪魔じゃない」

安藤の立場からすれば、心配するのも当たり前だ。

「本当にわりいと思っているよ。おれは鰐川を信頼している。でも今回は三人。ごめんな」

「謝らなくていいって」

「そっか。ありがとう。それじゃあ見たい映画のタイトルを教えてくれ」

「キマイラファンタズマ7」

「おー、あれか。来月公開されるやつか。ちょうどいい。それ見に行こうぜ」

いろいろなことが簡単に決まった。

悩んでいたことが、一瞬で吹き飛んでいくようだった。

前作は、父さん、母さん、俺の三人で見に行った。

そして今作は、安藤、佐々木、俺の三人で見に行くことになった。

ただそれだけのことが、すごく不思議に感じられる。

エピローグ

俺と安藤は高校生になった。

そしてキマイラファンタズマ7の公開日がやってきた。

初日は、もちろん見に行かなかった。

ファンの多い映画だから、数日は混むだろう。佐々木のことを考えたら、人の多い時間帯はおすすめしないと安藤も言っていた。じゃあ土日もダメだ。ゴールデンウィーク明けまで人は動くと思うので、五月の半ばまで俺たちは待った。

そして平日。

俺と安藤は、学校を休むことにした。

俺は母さんに事情を説明して、許可をもらった。

安藤は父親に伝えず休んだ。別に怒られないらしい。そういう家庭なんだ。

電車に二時間ほど乗った先に、安藤の妹——佐々木綾乃の住んでいる市がある。

安藤は事前に連絡を取っていて、佐々木も学校を休んでいた。

最初は、佐々木がこっちに来るって言い張ったけれど、さすがにそこは俺たちが出向くべきだろうってことになった。

駅で再会した佐々木は、白いイヤホンをしていた。五月は、もこもこ素材のヘッドホンをつけるような気温じゃない。

「よう、綾乃」

「よう、お兄ちゃん」

まずは兄妹《きょうだい》が挨拶する。

続いて、俺が話しかけた。

「久しぶり」

「うん」

「元気だった？」

「うん」

何を訊いても小声で「うん」としか言わない佐々木を見た安藤が、

「照れてんな」

と言った。

佐々木はすかさず、安藤に蹴りを入れた。

映画館は、駅から少し離れている。安藤がタクシーを呼び、三人で乗った。

そして映画館に辿りつく。

客は全然いなかった。

平日だし、お昼をまたぐ時間だからだろう。

緊張するとトイレが近くなる、と佐々木が言ったので、入り口近くの席に三人で座った。なぜか真ん中が俺だった。

佐々木は、つけていたイヤホンを外した。そして、

「あ、あのさ！」

と言った。思いがけず大きな声が出てしまったのか、佐々木は恥ずかしそうに下を向いた。俺と安藤はいったん顔を見合わせてから、佐々木に注目した。

佐々木は、目線を下げたまま口を開いた。

「私、外に出るのって結構怖い。でも二人のおかげで、映画館に来られた」

俺も安藤も、何も言わずに続きを待つ。

「他の人にとっては当たり前にできることが、私には難しかったりする」

佐々木はここで間を取った。

懸命に言葉を紡ごうとしている。

「今、ここでこうしていることが、とても不思議に感じられる」

ああ、その気持ちは俺にもわかるよ。

不思議だよな。

佐々木が顔を上げた。

俺と安藤を見る。

「ありがとう」

小声で、だけどはっきりと。

佐々木が言った。

俺と安藤が何かを言おうとする前に、ブザーが鳴った。

返す言葉は宙に浮き、映画終了まで頭の中を漂うことになる。

佐々木はイヤホンではなくヘッドホンをつけ直していた。イヤーマフだと全然聞こえないし、イヤホンはなんかしっくりこないらしい。彼女にとって、映画を見るときはヘッドホンの遮音性がちょうどいいのだとか。

今の世界は、言葉が溢れている。

そして大事な言葉も、嫌な言葉も、同じ空間にある。

ヘッドホンを外すことが、心を開くことじゃない。

もうそういう時代じゃない。

何を遮断して、何を受け入れるのか、自分で選べばいい。

言葉との距離感を、自分で見つければいい。

照明が暗くなり、映画が始まった。

あとがき

前作の出版から四年も経《た》ってしまいました。それだけの年月が過ぎても、前作と同じような話を書いている気がしますし、全然違った話のような気もします。

僕は言葉を、色と形のある物体に近いものとして捉えています。

何かを考えるとき、頭の中にはさまざまな図形が浮かんでいて、それを言葉に翻訳してから出力しなければなりません。つまり、言葉が持っている形をうまいこと組み合わせるようにして頭の中に配置していくことで、やっと話せるようになる。そんな感じです。

たとえば『優しい』という単語は、その言葉の持つ意味とは裏腹に、とても固い形をしているので、僕はあまり使うことができません。本作では一回だけ使いましたが。

こうやって書くと特殊能力のように聞こえますが、そうではなく「なんかカチカチしている言葉だから、ふわふわしている文章に合わない」といった程度の意味合いであり、言うなれば、子どもが自分の内面をうまく言語化できないために擬音語や擬態語を多用するのと同じ感覚なのだと思います。

こんなだから僕は人よりも話すのが遅いですし、人と話すことも苦手です。だからといって数学や芸術が得意なわけでもありません。単純に、人よりも言語化が苦手なだけなのです。

また、僕は昔から視力が低く、そのせいなのか周囲を音で判断することが多いです。そういった世界の捉え方や言葉に対する認識など、各々が脳内で構築している世界観は、人それぞれとは言いつつ、そんなには違わないだろうと考えていました。

ですが、最近ある友達と話していて「この匂いは三年前の夕暮れを思い出す。この人は金木犀《きんもくせい》の香りがする」というようなワードが頻繁に出てくることに気がつきました。その人は五感の中で、匂いの占める割合が多いそうです。

人それぞれという言葉の本質は僕が思っているよりも人それぞれで、だから、人と繋《つな》がる、誰かと一緒に生きるということは、本当に難しいのでしょう。その違いの本質を少しでもつかみ取りたくて、僕は小説を書いているように思います。


最後に謝辞です。

今回も素敵な表紙を描いてくださったLOWRISE《ローライズ》様、力強い推薦文をくださった松村涼哉《まつむらりょうや》様、佐野徹夜《さのてつや》様、四年間も付き合ってくださった担当編集様、この本の出版に関わってくださった皆様と、何より手に取ってくださった読者様にお礼申し上げます。

持田《もちだ》冥介《めいすけ》

＜初出＞
本書は書き下ろしです。

メディアワークス文庫

ノイズ・キャンセル

持田《もち だ》冥介《めい すけ》

2024年7月25日　初版発行

発行者　山下直久
発行　株式会社KADOKAWA
〒102-8177　東京都千代田区富士見2-13-3
0570-002-301（ナビダイヤル）
装丁者　渡辺宏一（有限会社ニイナナニイゴオ）
印刷　株式会社暁印刷
製本　株式会社暁印刷

●お問い合わせ
https://www.kadokawa.co.jp/（「お問い合わせ」へお進みください）
※内容によっては、お答えできない場合があります。
※サポートは日本国内のみとさせていただきます。
※Japanese text only

※定価はカバーに表示してあります。

Printed in Japan
ISBN978-4-04-915773-4 C0193

メディアワークス文庫　https://mwbunko.com/

本書に対するご意見、ご感想をお寄せください。

あて先
〒102-8177　東京都千代田区富士見2-13-3
メディアワークス文庫編集部
「持田冥介先生」係

第30回電撃小説大賞《大賞》受賞作

竜胆の乙女
わたしの中で永久に光る

fudaraku

「驚愕の一行」を経て、
光り輝く異形の物語。

　明治も終わりの頃である。病死した父が商っていた家業を継ぐため、東京から金沢にやってきた十七歳の菖子。どうやら父は「竜胆」という名の下で、夜の訪れと共にやってくる「おかととき」という怪異をもてなしていたようだ。
　かくして二代目竜胆を襲名した菖子は、初めての宴の夜を迎える。おかとときを悦ばせるために行われる悪夢のような「遊び」の数々。何故、父はこのような商売を始めたのだろう？　怖いけど目を逸らせない魅惑的な地獄遊戯と、驚くべき物語の真実――。
　応募総数4,467作品の頂点にして最大の問題作!!

メディアワークス文庫

アオハル・ポイント

佐野徹夜

衝撃デビューから熱狂を集める著者の、待望の最新作！

人には「ポイント」がある。ルックス、学力、コミュ力。あらゆる要素から決まる価値、点数に、誰もが左右されて生きている。人の頭上に浮かぶ数字。そんなポイントが、俺にはなぜか見え続けていた。

例えば、クラスで浮いてる春日唯のポイントは42。かなり低い。空気が読めず、友達もいない。そんな春日のポイントを上げるために、俺は彼女と関わることになり――。

上昇していく春日のポイントと、何も変わらないはずだった俺。これはそんな俺たちの、人生の〈分岐点〉の物語だ。

「どこまでもリアル。登場人物三人をめぐるこの話は、同時に僕たちの物語でもある」イラストを手掛けたloundrawも推薦。憂鬱な世界の片隅、希望と絶望の〈分岐点〉で生きる、等身大の高校生たちを描いた感動の第３作。

メディアワークス文庫

眠れない夜は羊を探して

遠野海人

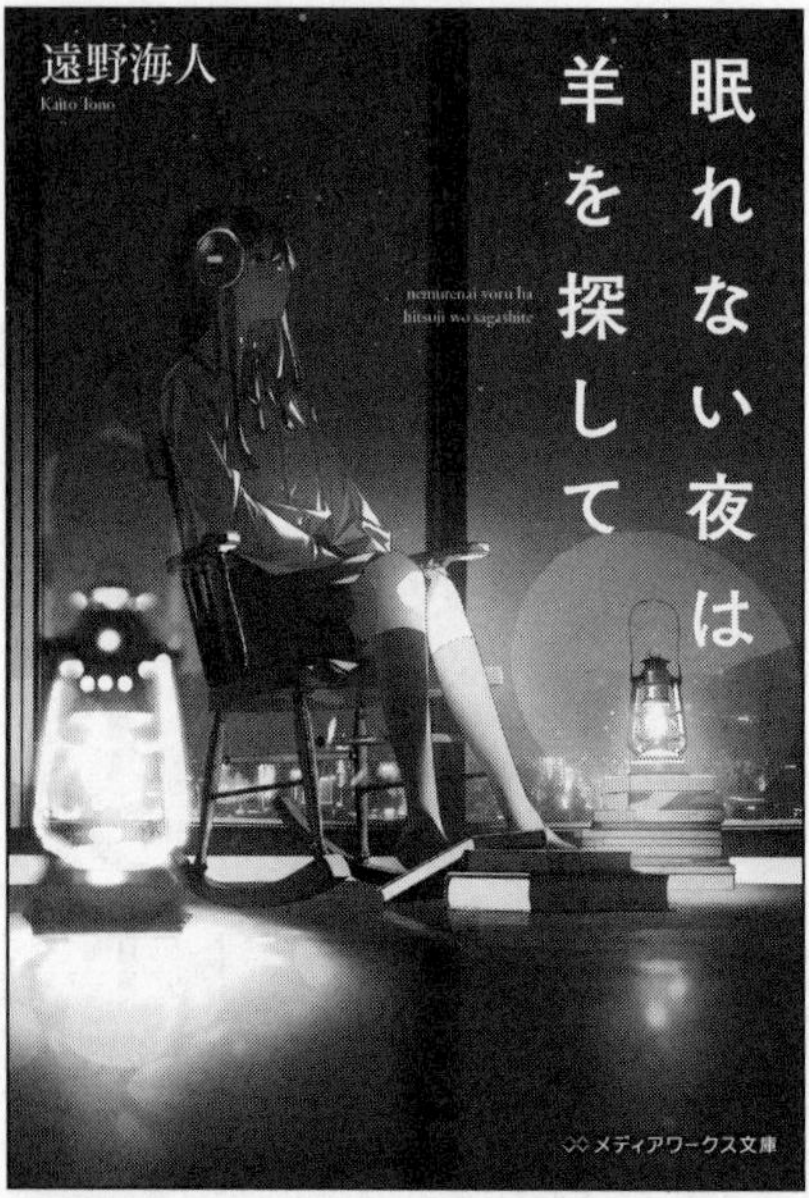

誰かを、自分を、世界を殺したい。
真夜中のアプリに集う殺意の15編の物語。

　幸運をくれると人気の占いアプリ〈孤独な羊〉にはある噂が。画面上を行きかうカラフルな羊たちの中に、もしも黒い羊が現れたら、どんな願いも叶うらしい。それが誰かへの殺意だとしても——。

　同級生に復讐したい少年。祖母の介護に疲れ果てた女子中学生。浮気した彼氏を殺したい女子大生。周囲に迷惑ばかりかける自分を消したい新入社員。理想の死を追い求める少女。余命宣告を受けたサラリーマン……。真夜中のアプリに集う人々の、いくつもの眠れない夜と殺意を描いた15編の短編集。

暗闇の非行少年たち

松村涼哉

子どもたちの明けない夜を描いた、
『15歳のテロリスト』著者の衝撃作！

少年院から退院した18歳の水井ハノは、更生を誓いながらも上手く現実に馴染めず、再び犯罪に手を染めようとしていた。そんな時、SNSで「ティンカーベル」と名乗る人物から、ある仮想共有空間（メタバース）への招待状が届き——。

空間に集う顔も本名も知らない子供たちとの交流を通し、暗闇にいたハノは居場所を見つけていく。だが、事情を抱える子供たちのある“共通点”に気づいた時——、謎の管理人ティンカーベルが姿を消した。予想もつかない事態へ、ハノたちも巻き込まれていく。

子供たちを集める謎の管理人ティンカーベルの目的とは。更生を願い、もがく少女が見つけた光は、希望かそれとも——？

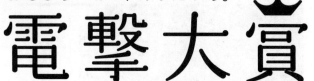